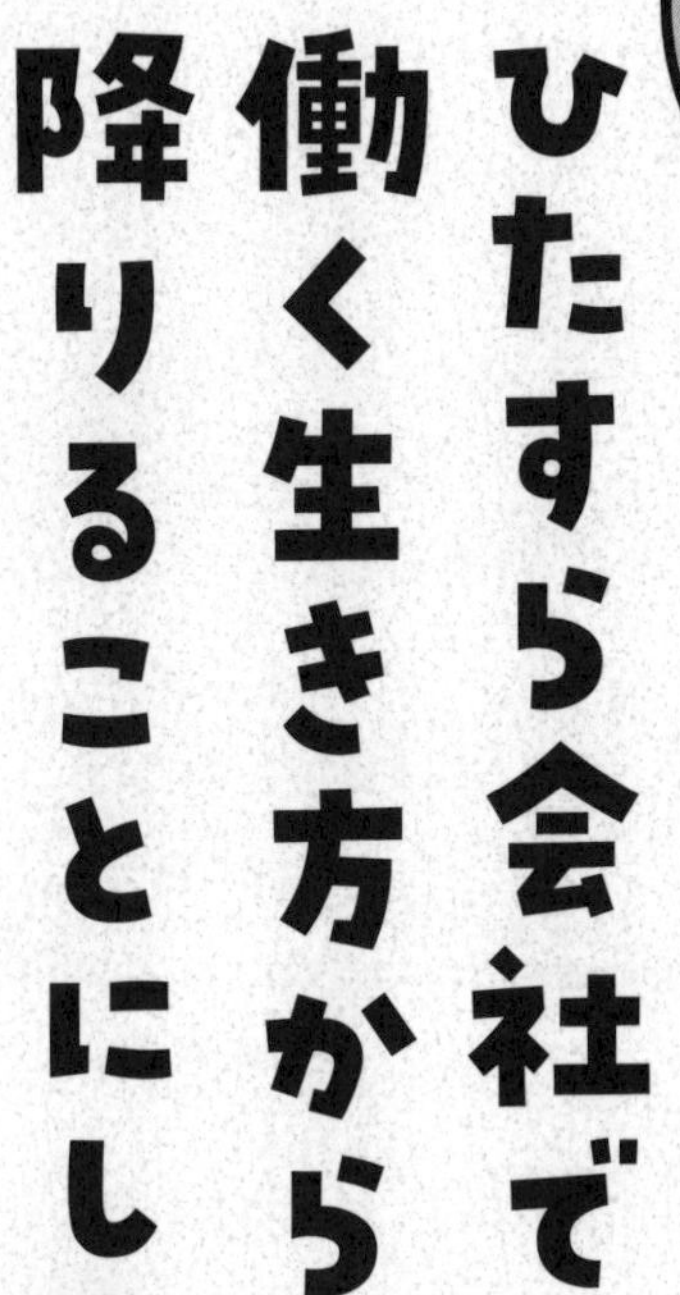

ひたすら会社で働く生き方から降りることにした

三度会社を辞めて、一度きりの人生を自分らしく生きる

すずひら

さくら舎

はじめに

僕は、生き方を変えた

本書を書いている時点から約3年前、僕は生き方を変えた。当時36歳だった。

それ以前の僕は、「自分はどう生きたいのか」なんてことを自分の頭でじっくり考えることもなく、なんとなく周囲と同じように会社員として働いて毎月安定したお金を稼ぎ、なんとなく周囲と同じように消費しながら生活していた。

週5日間、朝から晩まで働いている会社の仕事は、正直言ってあまり好きではなかった。いや、もっと言ってしまえば、嫌いだった。大嫌いだった。時間も場所もやるべきことも指定され、ともに仕事をする人間関係も指定され、四方八方から納得しかねる指図を受けたり腹が立つことばかりを言われる。その環境下で、自分の気持ちを押し殺しながらどうにか担当業務を進めていくというのが、僕の経験した「会社の仕事」であり、とにかくストレスが大きかった。

そうして多大なストレスを溜めてようやく稼いだお金は、人生を充足させる手段として大切に活用すべきである。なのに僕は、漫然（まんぜん）と消費してばかりいた。

「頑張って働いて稼いでいるのだから、お金を使って便利な生活をしよう！　お金を使って楽しもう！」

　そんな口実を武器に、物欲に身を任せ、たしかに便利ではあるけど実はたいして必要でもない最新ＩＴ機器や家電を買ったり、よくわからないけど高機能そうな洗濯洗剤やシャンプーやリンスなど日用品を買ったり、必要以上にきれいで設備の整った賃貸に住んだり、ほぼ毎日外食したりなどしてきた。


　嫌いな仕事をしてどうにかお金を稼ぎ、そのお金を物欲に任せて消費していく。そのような生活に対して、もっと自分に合った生き方がほかにあるような気はしつつも、その気持ちと真剣に向き合ってこなかった。なぜかといえば、怖いからだ。もっと自分に合った生き方がほかにあるのではないか、という漠然とした気持ちに真剣に向き合い、考えを深めていってしまうと、現状の虚しさを明確に自覚してしまいかねない。そうなると、生き方を変えるためにリスクを負ってでも行動しないといけなくなる。行動しないと、人生を浪費している感覚になり罪悪感に苛まれそうだ。

　そんなの、とっても怖い。そして面倒くさい。「現実なんてこんなもん」と納得しているフリをして自分をごまかしておいたほうが楽だ。わざわざ人生をハードモードにしたくはない。

　それに事実として、現実なんてこんなもんだろう。だって周囲を見渡せば、多くの人が自分と同じような生活をしているではないか。

もちろん世界は広い。周囲に合わせるのではなく自分の求める生き方をして、輝いているように見える人だっている。ネットやテレビや本の中にはそういう人がたくさんいる。でもそれは、世の中全体に対してごくごく一部にすぎないだろう。統計的に調べたわけではないけど、そうに決まっている。生まれ持っての変わり者とか、特殊な才能の持ち主とか、そういう人たちだけが実現可能な生き方であり、自分のような凡人には無関係なのだ。

そんな現実に今さら不満を抱き、「もっと自分に合った生き方」なるものを模索してリスクを負って行動し、面倒なことになりたくない。いいじゃないか、現状で。人並みなんだから。

そもそも、行動するもなにも、どうすればいいのかわからない。何をすればいいのかわからない。確かなことは、生きていくためにはお金を稼ぐ必要があることだけだ。毎月一定額のお金が口座に振り込まれると安心できる。だから、とりあえず会社で働き続けるのだ。週5日間、朝から晩までとりあえず働き続けるのだ。

結果、生活が仕事に支配され、疲弊(ひへい)して、考えたり行動するのがますます面倒くさくなる。ストレスが溜まり、ますます物欲に身を任せて消費もしたくなる。そうして、惰性(だせい)で現状のまま生き続けていく……。

それが、以前の僕の生き方だった。

でも、3年前、36歳の頃、その生き方が心底嫌になった。一度きりの人生なのだから、もっと自分の気持ちとしっかり向き合い、その気持ちに素直に従って生きたくなった。いや、そう生きないとダメなのだとまで思いを強くした。そう生きないと、一度きりの人生が終わる瞬間になって後悔してしまう。死ぬ瞬間に「もう人生が終わってしまう。本当に終わるんだな……。本当にもう終わっちゃうのに、自分の気持ちと向き合うことなく漫然と生きるばかりだった……もっと気持ちに向き合って、好きなように生きればよかった……もう一度人生をやり直せたらどんなに幸せだろうか……」と後悔するに決まっている。

その後悔は、それまでの人生で日常的に何度も経験してきた「後悔」とは桁の違うものだろう。後悔しても後悔しきれない。取り返しがつかない。「後悔」よりも「絶望」のほうがふさわしい表現だとすら思える。そんな絶望の結末が、3年前のあるときから僕には見えるようになった。だから、そんな絶望の結末へつながる生き方はもうやめて、自分の気持ちとしっかり向き合い、その気持ちに素直に従って生きていくことに決めた。

世間の常識とか周囲はどうしているとか、そういうことはもう気にしない。やりたいことを堂々とやり、やりたくないことは堂々とやらない。

この決定に変更はない。本当に決めた。取り消しもない。死ぬまでそうやって生きていくと決めたのだ。

――そうして3年後の現在。

僕は今、執筆活動、読書、畑で野菜づくりを生活の中心としながら、ほどほどに田舎な場所にて夫婦で質素に暮らしている。

よくある1日の過ごし方としては、朝7時に起きて、顔を洗って歯を磨いてから、文章を書き始める。本やブログ、SNSへ掲載するための文章だ。書いたものは半分近くを自主的にボツにしており日の目を見ないのだけど、もはや僕にとっては書く行為それ自体が目的化しているというか、謎に自らへ充足感を与えてくれるので、もうそれでいいのだと開き直っている。

合間に休憩がてら、家の掃除をしたり洗濯をしたり、スクワットをしたりストレッチをする。そうしている間に昼になるので昼食をつくる。玄米、具だくさん味噌汁、納豆、目玉焼きなどの質素な自炊だ。それをつくって食べてから、午後は読書をしたり外を散歩したりする。夕方になったら農協から借りている畑へ行き、育てている野菜の世話をする。帰りにスーパーへ立ち寄り野菜や肉や魚を買い、夕食をつくる。夕食は玄米、魚か肉を煮たり焼いたもの、昼の味噌汁の残りだ。

妻は外で仕事をしているのだけど18時前には帰宅するので、18時からともに夕食を食べ、その後はまた書いたり読んだり、あるいはアニメなどの映像作品を観たりゲームをして遊んだりして、23時前には布団に入って寝る。

今の僕は、こんな生活をくり返している。会社は辞めた。そのせいで収入は大幅に減っているけど、支出も大幅に減っているので普通に生活が成り立っている。いちおう明記しておくと、外で働く妻のヒモになっているわけではない。田舎で質素に暮らすことで生活費を低くして、さらにその低い生活費を妻と折半しており、僕の低くて不安定な収入でも現時点では家計が成り立っている。どうしてもお金が不足したときは、僕もまた外で働くなり、書く以外のことをすればいい。質素にゆるく、臨機応変にやっていく。

僕はどうやら、静かな場所で書いたり読んだりしながら、ていねいな食を大切にしたり、平日の昼間から外を散歩していられる生き方を望んでいたらしい。その気持ちに気づいたので、その気持ちに素直に従っていった結果、今の暮らしに行き着いた。

世間一般の物差しから評価すると、「ちゃんと働いてちゃんと稼いでいる真っ当なサラリーマン」から「何をして生活しているのかわからない、平日の昼間から外をぶらぶら歩いているダメ人間」へと堕落した、となるかもしれない。でも、もうそれでいい。世間体を保てるに越したことはないけど、自分の気持ちが望む暮らしが世間体とは逆だったのだから、もう仕方がない。僕は世間体よりも自分の気持ちを優先すると決めたのだ。

本書で書くこと、書く理由

本書では、「僕はなぜ、3年前に生き方を変えると決めたのか」を書いていく。

「どうやって生き方を変えたのか」ではない。つまり、たとえば会社を辞めるためのノウハウを説くような本ではない。その点はご承知いただいた上で、ぜひ読んでみていただけるとうれしい。

書き方については、生き方を変えると決めた理由を箇条書きのように羅列していくのではなくて、生き方を変えると決めるまでの経験とその中で考えてきたことを、自叙伝のような形式で記していく。箇条書きのほうが情報としては整理されるだろうけど、そうやって整理された思考のもとで生き方を変えたくなったのではないからだ。

「僕は生き方を変えることにした。理由は3つ。1つめは○○、2つめは××、3つめは△△。以上」という感じではない。そうやってきれいに整理はできないけど、さまざまな経験と思考が積み重なっていき、感情の部分で「もう生き方を変えないとダメだ。絶対にそうしないとダメだ」となった。だから、その経緯をそのまま書いていく。

なぜそんなものを書くのかというと、これは単なる印象だけど、2024年現在の日本には、以前の僕のように生きている人がとても多いと感じるからだ。

つまり、「自分はどう生きたいのか」なんてことを自分の頭でじっくり考えることもなく、周囲と同じように働いて稼いで消費して、そんな生活を「現実なんてこんなもん」と納得して受け入れているつもりだけど、実は虚しさを感じており、つらい。もっと自分に合った生き方がほかにあるような気がする。しかしどうすればいいのかわからないし忙しいので、惰性で現状を続けている。そんな人だ。

同じ現代日本社会に現在進行形で生きている一人として、このような人がとても多いと強く感じる。それはあくまで感覚の話であり客観的な根拠はないけど、でも、そうでしょう？　本書を読んでいる現代日本人なら、この感覚に同意してくれる人が多いと思える。自分が今まさに生きている社会で起きていることは肌で感じられる。人間は社会性を備えているのだから。

そういう以前の自分と似た人たちに対して、何か貢献をしたい。そう思って本書を書くことにした。

とはいえ、「あなたはこうすればいいのです。そうしたら現状を変えられます」と正解を提示することは僕にはできない。人それぞれに気質や価値観や事情があるなかで、正解を示すことなんて僕には無理だからだ。

僕にできるのは、自分の経験と思考の積み重ねをそのまま共有することまでだ。

僕の経験を共有したところで、すぐに役に立つ実践（じっせん）的なノウハウがあるわけではない。でも、読んでくれた人の中に、小さくてもいいから、生活を変えるキッカケになるような何かしらの想いが生まれるかもしれない。考えるキッカケが生まれるかもしれない。そうなったらうれしい。

すずひら

目次◆ひたすら会社で働く生き方から降りることにした

ひたすら会社で働く生き方から降りることにした

――三度会社を辞めて、一度きりの人生を自分らしく生きる

第1章　「自分の気持ち」に目覚めた中学時代

なんとなく3・5日登校

中学2年生の夏頃。僕はなんだか「自分の気持ち」なるものに目覚めてしまった。それが具体的にどんな気持ちであるかは時と場合によってさまざまだけど、抽象的に表現すると、何事も自分の考えに沿ってやりたい、そんな気持ちだ。時間と場所とやることを他人から決められるのではなく、それらすべてを自分の考えに沿って決めて、その通りに行動していたい。束縛（そくばく）されたくない。

そんな「自分の気持ち」に目覚めたせいで、中学生活が苦痛で苦痛で仕方がなくなってしまった。それはそうだろう。中学生活とは、決められた時間に、決められた場所で、決められたことをする生活なのだから。僕の「自分の気持ち」を押し通す場合、中学へ通うことはもはや不可能だ。不登校になるしかない。

では僕は不登校になったのかというと……そうはならなかった。そこまで自分の気持ちを貫くほどの強さを持ってはいなかったからだ。親に悪い、先生に悪い、成績が落ちて偏差値の低い高校にしか行けなくなるのは嫌だ、不登校はダメなこと、不良のやること、みたいな理由ばかりが浮かび、不登校という選択をするのは論外としか思えなかった。

かといって、自分の気持ちは中二病的なワガママと割り切り、しっかり真面目に通学したのかというと、そういうわけでもない。

では僕はどうしたか。週5日登校ではなく、週3・5日登校になった。なんとも中途半端な行動に出たのである。といっても、明確に「よし、もう中学は週3・5日しか通わないぞ！」と決めたわけではない。平均するとだいたい週1日は休みたくなるし、週1日は遅刻あるいは早退したくなり、そうしていたという話だ。

本当は毎日休みたかった。でも、その気持ちを実行に移すほどの度胸(どきょう)が僕にはなかった。

「今日はもう本当に休みたい。休まないと無理」とか、

「せめて3時間目から登校したい。そうしないと本当に無理」とか、

「もうどうしても帰りたい。これ以上ここにいるのが無理」とか、

そういう場合にのみ休んだり遅刻したり早退したりして、結果的に週3・5日ぐらいの登校になっていた。

いじめを受けていたわけでもなく、勉強についていけなくなったわけでもない。ただ純粋に、

わざわざ決められた時間に、決められた場所へ行き、決められたことをする行為が苦痛だった。そして、その苦痛を乗り越えてまで行く価値のある何かを、中学生活の中に見出せなかった。

友達は1人もいなかった。といっても、物理的に孤立していたというわけではない。部活でもクラスでも、表面的な浅い付き合い程度なら少数とはしていた。でもそれだけだ。価値観を共有し、好きなことや嫌いなことを打ち明けながら語らえる友達は1人もいなかったため、精神的にはすっかり孤立した気分だった。


国語、数学、理科、社会、英語などの勉強自体は嫌いではなかった。なんなら楽しかった面すらある。新しい知識を得られることはそれだけで楽しいし、数学なんかはパズルを解く楽しさと似た何かを感じてもいた。でも、それは別に一人で勉強すれば得られる楽しさでもある。45分間もの長い間、数十人もの生徒が密集している狭い教室の中で小さな机に向かい、固い椅子に座り、教え方がうまいわけでもない教師の説明を聞いている意味が僕には見出せなかった。

授業が退屈だからといって、内職をしていると見つかったときに面倒なことになる。多くの教師はムキになって怒ってくるのだ。怒るのではなく内職しようと思わせないだけの授業をしてほしいのだけど、そんな反論をしたら感情的に怒鳴り散らしてくるに違いない教師ばかりだから、もう黙って怒られるほかなかった。

美術、体育、家庭科、音楽などの技術科目に関しては、当時の僕としては何ひとつ興味が湧かなかった。まあ今にして思うと、こういう技術科目こそしっかり学んで生活の知恵をつけたり知見を広げておけばよかったとは思う。でもそれはすっかり大人になった今だから思えることだ。当時の自分としては、技術科目はひたすら「面倒くさい。やりたくない」と苦痛に感じる対象以上の何物でもなかった。そして苦痛だったので欠席するか、出席しても話をまともに聞かずうわの空で別のことを考えたりしていた。

文化祭も体育祭も修学旅行もサボる

部活動に関しては、中学時代はサッカー部に入っていた。特別にサッカーが好きだからというよりも、前提として「部活には入るのが普通」という洗脳があり、その洗脳に従いしぶしぶ選んだのがサッカー部だっただけだ。

いちおうサッカーはスポーツの中では好きな部類ではあった。プレイは未経験で、見る専門ではあったけど。時は1998（平成10）年。日本代表が初めてワールドカップに出場して日本中がサッカー熱に盛り上がり、サッカーゲームの「ウイニングイレブン」も大流行していた。その熱に浮かされて、僕もいつの間にかサッカー観戦がそこそこ好きになっていた。「ウイニングイレブン」もけっこううまかった。

入部してからしばらくは、特に何の違和感もなく放課後の練習に参加したり、土日に他校と試合をしていた。やってみるとそれなりに楽しくもあった。でも中学2年の夏頃から「あれ？　なんで俺、わざわざ放課後や土日にサッカーしてるんだろう。そこまでサッカー好きだったっけ？　いやまあ好きだけど、別にそこまでやるほどではないよな。部活内の人間関係も面倒くさいし。

先輩、後輩の上下関係もバカバカしい」みたいなことを自然と考えるようになっていた。

そしてサッカー部からは徐々にフェードアウトして、幽霊部員と化し、そのまま戻ることなく卒業を迎えた。


中学2年と3年においては、文化祭も体育祭も修学旅行もサボった。なぜサボったのかというと、サボりたかったからだ。

「こういう一大イベントにはさすがにクラスの一員として参加するべき」という常識は持っていた。そうだ、僕は常識は持っている人間なのだ、たぶん。しかしその一方で、それに反する気持ちもあり、その気持ちをどうしても抑えられなくなる場面がある。

「どうしてもサボりたい。こういうイベントのノリがなんだか嫌いだし、何が楽しいのかまったくわからないし、何の意義があるのかもまったくわからない」

「なのに、どいつもこいつも楽しそうにしてて、俺の気持ちを共有できるやつなんかいない。疎外感ばかりだ」

「そんな場所に参加するよりも、家で『FF7』の世界に没頭していたい。絶対にそうしたい。絶対にだ」

こういう気持ちと常識が正面から対峙して、気持ち側が勝利し、サボる運びとなったのである。

ちなみに「FF7」とは「ファイナルファンタジー7」の略で、1997年に発売されたゲームソフトのことだ。ゲーム業界に革命を起こした伝説的ソフトであり、名作中の名作であり、誰がゲームの歴史を語っても必ず言及される歴史的傑作だ。発売当時、小学校の高学年だった僕もどハマりした。キャラクターも世界観も物語も音楽も何もかもにどハマりし、一時期はFF7の世界に自分も入り込み、主人公のクラウドに憑依したり、あるいはクラウドの仲間として一緒に冒険していたこともあった。

中学生の頃はすでにソフト発売から何年か経過していたものの、何度も何度も何度も何度もくり返し冒険して、いまだに楽しんでいた。中学2年生の文化祭の日も冒険したし、中学3年生の修学旅行の日も冒険した。修学旅行は2泊3日もあったので、長い冒険の旅路を最初から最後まで歩めた。とても有意義な思い出であり、「僕とFF7」をテーマにこのままどこまでも書き続けられる気がするのだけど、そういうわけにもいかないので話を戻す。

ボロボロの内申点

文化祭やら体育祭やら修学旅行をそうやってサボり、架空世界で有意義な時間を過ごす頻度が増えるほど、現実世界においては「学校の一大イベントすらサボるようなダメなやつ」との評価が定着していくのは避けられない。

その結果、当然ながら内申点はボロボロになってしまった。当時は5段階で科目ごとに成績をつけられる形式だった。国語、数学、理科、社会、英語に関してはテストの点数でカバーしてどうにか「3」は確保したものの、それ以外の、美術、体育、家庭科、音楽など技術科目が軒並み「1」だった。

今はどうだかわからないけど、当時の公立高校への進学においては、中学の内申点が非常に重要な割合を占めていた。詳細はもう覚えていないけど、科目にかかわらず1つでも「1」があったら公立の上位校にはテストで何点を取ろうと入学は不可能、みたいなことを言われていた。点数配分をもとに実際に自分で計算したことはないけど、そういうことが常識として言われていた時代だった。

そして僕の場合、そんな「1」が複数ある惨状(さんじょう)であったから、公立高校への進学は不良の巣窟(そうくつ)と噂されている高校しか選択できない状況に追い込まれてしまった。実際に確かめたわけではないので、そこまで追い込まれてはいなかった可能性もある。テストで頑張れば、中堅ぐらいの学校には入れる可能性はそれなりにあったかもしれない。でも当時としては、「1」が複数ついた時点でもう不良の巣窟にしか行けないと完全に信じ込んでいた。そういう常識、あるいは空気が出来上がっていたのだ。

「もうダメだ、人生の終わりだ」

高校受験において、僕は人生で初めて社会の厳しさに直面した。

「ちゃんと規則に従い、周囲に合わせ、与えられたやるべきことはやらないといけません。それをせず自分の気持ちを優先するのはダメです。ダメな人は失格です。出ていってください」と、社会から言われているように僕には感じられた。

ダメで失格で、出ていけと言われても……え？　そんなこと言われても困るのだけど……。

僕はどうすればいい。不良の巣窟へ行くしかないのか？　いや、でも、それは嫌だ。絶対に嫌だ。嫌だというか、無理だ。僕みたいな内気でゲームやアニメが好きなオタクが不良の巣窟なんかに入ってしまったら、絶好のオモチャになるに決まっている。

マジでどうしよう……。


まあ、なにもかも自業自得ではある。それは認める。週３・５日登校なんてものを続けていたら内申点がボロボロになり、不良の巣窟と噂される公立高校へしか進学できなくなることぐらい、もう中学生なのだからわかっていた。

だけど、真面目に週５で学校に通い、技術科目もしっかり勉強し、修学旅行などのイベントへも参加することに対して、どうしても心と身体がついていかなかったのだ。嫌すぎて、無理すぎて、どうにもならなかった。どうにもならない気持ちと格闘しながらどうにか頑張って通学した結果が、週３・５日登校だったのだ。僕は怠惰に不真面目にサボってきたのではない。内面で深刻な葛藤を繰り広げながら、最大限の努力をしていたのだ。

しかし、社会は厳しかった。いくら内面で深刻な葛藤をしようと、個人的には最大限の努力をしようと、そんなことは社会にとっては関係がなかった。結果だけを見て「頻繁に学校をサボるようなダメな生徒」と無機質に評価されて終わるだけであり、その後の面倒なんて誰も見てくれないのだ……親を除いては。

第2章　自由を満喫した高校時代

親の金で私立高校へ逃走

もう終わりかと思われた中学卒業後の僕の人生はどうなったかというと、なんてことはない。私立高校へ進学、というか逃走した。つまり、親に助けてもらった。もっといえば、親のお金に助けてもらった。

この展開を読み、一定数の読者がイラっとしていることと思う。なにしろ自分のワガママの責任を親に取ってもらったのだから。自分のケツぐらい自分で拭けというものだ。僕自身もそう思う。情けないし、読者をイラっとさせたくもないので別の展開をさせたいところだけど、本書はノンフィクションであり、この展開が事実であったのだから、この通りに書き進めるほかない。

私立高校へ進学というか逃走することになった経緯について、まずは書いていく。

僕の生まれた家庭は、特別に裕福だったわけではないものの貧しかったわけでもない、いわゆる中流家庭というやつだ。父がフルタイムで正社員として働きつつ、母も在宅でテスト採点の仕事（赤ペン先生）をしていた。その両輪の収入によって、僕自身はお金のことをいっさい考えず、のほほんとしていられた。

なんでもかんでも買ってもらえたわけではないけど、お金がなくてわびしい思いをした記憶もない。ゲームソフトは年に2本は買ってもらえていた。誕生日とクリスマスだ。そういう子供が当時は多かったと思う。だいたいクラスに1人か2人は金持ちの家があり、そいつの家には大量のゲームソフトやミニ四駆のコースがあるので、小学生の頃は放課後によく遊びに行っていた。僕は遊びに行かせてもらう側の中流家庭の子供であった。

とはいえ中流であり、つまり「中学を卒業したら俺も働くんだ。母ちゃんを助けるんだ。弟と妹たちの面倒も見るんだ」みたいな世界には生きていなかった。僕は母ちゃんを助けるのではなく母ちゃんから助けられることを当たり前と認識している子供であり、弟も妹もいない。姉がいるのみだ。ちなみに姉は、僕と違ってちゃんと公立高校へ進学していた。

そんな家庭において、息子を私立の高校へ通わせるというのは、決して小さくはない程度に家計を圧迫はするものの、通わせられないこともない、というぐらいの位置づけだったのだと思う。大切な息子を不良の巣窟へ行かせるわけにはいかないと、親が僕を助けてくれた。

母と僕の時間

父は当時、単身赴任をしており家にはめったにいなかったのだけど、母は毎日家にいてくれた。僕が夕方に学校から帰宅すると、母はいつも赤ペン先生をしていた。リビングにある机の前に座り、文字通り赤ペンを握りながら、丸や三角や四角などがくりぬいてある大きなテンプレート定規を脇に置いて、どこの誰とも知らない子供の答案用紙と向き合っていた。マルをつけたりペケをつけたり、ときにはメッセージなんかも書きながら、いつも熱心に採点していて、僕はそんな母の背中に向けていつもこう言うのだ。

「ただいまー、腹減ったー、なんかない？」

すると母は、どこの誰とも知らない子供の答案用紙から自らの子供である僕のほうへ視線を移して、いつもこう返してくれる。

「おかえり、何かつくる？」

そうして僕は、こう答える。

「うーん、いいや別に」

実際は別に腹なんて減っていなかった。ただなんとなく、「母は僕のことを最優先に気にかけてくれる存在である」という事実を確認しておきたかっただけだ。

中学生活３年間、そしてその後の高校生活３年間とも、夕方の時間、そして夕飯も母と僕の二人で過ごしていた日が多い。前述の通り父は単身赴任をしていたし、３つ上の姉は僕と違って真っ当で充足した学校生活を送っており、部活動や友達との時間などで忙しくしていたからだ。

母と二人の食卓が、僕は好きだった。とりたてて何か盛り上がる話題があるわけでもない。純粋に、心地よかったのだ。僕が好きなものを母は嫌がらないし、僕が嫌いなものを嫌いと言っても、その嫌いな気持ちを否定もされないからだ。自分の気持ちのままでいられて心が安らぐ。見栄を張ったり体裁をとりつくろう必要がない。

僕には「反抗期」と呼ばれるような期間がなかった。もしかしたら親からするとあったのかもしれないけど、少なくともそのような期間を自覚はしていない。母に対して「うるせえな、ババア！」みたいなことを言った記憶はひとつもない。一度もそのような言葉は吐いていない、はずだ。

学校から夕方に帰宅して、赤ペン先生となって仕事をしている母と同じリビングで、僕はよくデスメタルを爆音で聴いていた。そう書くと、それこそ不良少年の反抗期みたいに思われるかもしれないけど、そういうものではなくて、ただ純粋に音楽としてデスメタルが好きで、自分の好きな音楽を聴いて楽しみたい、ついでに母にも自分の好きな音楽を聴かせたい。そんなピュアな気持ちによるものだった。

北欧在住デスメタルバンドによるデスボイスのシャウトが、日本の赤ペン先生の仕事場で響き渡る。どう考えても仕事の邪魔だろう。母は別にメタル好きではない。宝塚好きだ。でも一度も嫌がられなかった。たまに「もうちょっとボリューム下げてよー」と言われることはあったけど。

赤ペン先生のすぐ横で、テレビゲームもよくプレイしていた。ドラクエやＦＦなどに没頭しながら、この世界がいかに作り込まれた芸術であるかを採点中の赤ペン先生へ熱弁したこともある。

きっと赤ペン先生は僕の言うことを２％も理解できなかっただろう。そもそもＲＰＧの概念すらわかっていないのだから。でもそんなことはお構いなしで、僕はただ自分の好きな気持ちをそのまま母へ向けて発散していく。母以外の相手にそんなことをしても、誰も相手にしてくれない。この世で母だけが相手をしてくれる。２％も理解できないであろう話を聞いてくれて、幸せそうにしてくれるのだ。その幸せそうな母の顔を見るのが、僕は好きだった。

一緒にテレビを見ていて、世間に大人気らしい国民的アイドルグループが出てきたら、「この人たちって何がすごいの。ただ生まれ持った外見がいいだけで、プロデューサーとかテレビ局とかの大人の言われた通りにやってるだけでしょ。歌も踊りもプロと比べたら素人(しろうと)みたいなもんだし。その道のプロの人とか、作詞も作曲もプロデュースもすべて自力でやってイチから積み上げてるメタルバンドのほうが全然すごいじゃん。なのに、そういうプロとかバンドよりもアイドルばかりに注目してて、本当にテレビってくっだらねえなあ」とかなんとか捻(ひね)くれた中二的思考を僕は母へ垂れ流す。

でも母は嫌がらない。同意してくれるわけではないけど、「いやいや、そういう考え方はよくないよ。この子たちだってまた違う形で努力して、独自の魅力で人を惹きつけているんだから」という大人なら当たり前に理解している世界の広さを僕に押し付けてこない。ただただ、幸せそうな顔をしながら僕の話を聞いてくれていた。その幸せそうな母の顔を見るのが、僕は好きだった。

母はありのままの僕を愛してくれており、僕はその愛を日常のあらゆる些細な場面で当たり前のものとして享受しながら生きていた。

そんな母だけど、修学旅行の当日朝になって、僕が「行かない。休む」と宣言したときは、さすがに残念な表情をしていた。ため息をつき、「えー……」「最初から行く気なかったでしょ……」と言われたことをよく覚えている。

母の推察通り、最初から僕は行く気がなかった。微塵もなかった。だから2泊3日の旅路にもかかわらず、いっさいの荷造りをしていなかったのだ。一緒に住んでいる中学生の息子が2泊3日分の荷造りをしているかどうかぐらい、母からしたら手に取るようにわかったことだろう。荷造りをしていない↓おそらく行く気がない↓でもどうするつもりなのか見守ろう、ということだったと想像できる。見守った結果、FF7のプレイ準備をしながら当日朝に休む宣言をされた母のことを思うと、胸が苦しくなる。

そのときばかりは落胆の表情を浮かべ、その母の顔を見て、僕はどうしようもない罪悪感を抱いた。さすがにFF7プレイ準備の手も止まった。修学旅行を休むこと自体に対する罪悪感ではない。母を悲しい気持ちにさせたことに対する罪悪感だ。

落胆している母に対して何を言ったかは覚えていない。「だって、どうしても嫌なんだもん」と開き直ったか、あるいは「いや、実は風邪っぽくてさ……熱があるんだよ」と嘘をついたか。そのいずれかで罪悪感から逃れようとしたのだとは思う。自分のことなのでだいたいわかる。きっとこのどちらかだ。そうして僕はFF7へ異世界転生して現実逃避をしたのである。

母から下りてきた救いの糸

母はきっと、僕自身より早い段階で、高校は私立へ行かせるしかないと考えていたのだと思う。僕が「自分の気持ち」に目覚めた中学2年の2学期から、内申点が下降の一途（いっと）をたどっていることは、もちろん母も把握していた。

母としては、無理やりにでも学校へ毎日行かせる選択肢もあったはずだ。でも、グレて休んだり怠惰に休んでいるわけではなくて、本当に学校が嫌なのだという僕の気持ちはきっとわかってくれていて、通学を無理強いはできなかったのだと思う。

僕は母から、私立高校への進学を提案された。

母から提案された高校は、名前だけは聞いたことがある男子校で、そこの「特進コース」なる勉強を頑張るコースだった。

僕はその提案に対して、ろくに自分の頭で考えることもなく飛びついた。人生の終わりかと思っていた絶望の中へ垂れてきた一本の救いの糸なのだから。

テストの点数をそれなりに取らないと入学できないコースのようなので不良が少なそうだし、家からそこそこ近くて通学もしやすいし、男子校なのも気に入った。

男子校のほうが楽そうだ。女は何を考えているのか全然わからない。すぐ泣くし、いつも群れてヒソヒソ話をしている。得体（えたい）の知れない存在だ。なのにそんな得体の知れない存在がなんだか気になってしまい、ソワソワしてしまうから疲れるのだ。女がいるとイキって目立とうとする男が傍若無人な振る舞いをしてきて、それもまたうっとうしい。女がいなくなれば、イキる男もいなくなる。そのほうが絶対に僕にとっては生きやすい。

私立男子高校の特進コース……、いいじゃないか！

国立大学への現役合格を目指す

そのような経緯で進学した私立男子高校はいろいろと特殊であり、よくいえば生徒の自主性を尊重してくれる、悪くいえば大学受験の成果だけを見ている学校だった。「大学受験の勉強をしっかりしている」という前提で、それ以外は何をしても基本的に許される校風だった。特進コースという、大学受験を最優先に位置づけられたコースに入ったことも大きいと思う。一般コースなら、一般的な高校と同様だったのかもしれない。

僕は、現役で国立大学に合格することを目標にした。それはもちろん、私立高校なんていうお金のかかる場所へ行かせてもらったことへの罪悪感によるお詫びの気持ちからだ……、というのは実は理由の半分程度である。もう半分は、「国立大学って、なんかカッコいい！」という理由もあった。

別に国立大学だからこそ学べる学問の道へ進みたかったわけではない。どんな学問の道へ進みたいのか？　それ以前に、そもそも学問の道へ進みたいのか？　そんなことはわからないのですべて脇へ置いておいた。考えないことにした。学問云々は置いといて、とりあえず大学へは進学するべきだろう、常識的に考えて。そういう社会であると、それまでの15年足らずの人生でも学んでいた。そして国立か私立でいえば、国立のほうがカッコいい。

　という理由によって、僕は現役での国立大学合格を目標としたのだった。

居心地のいいオタク友達と男子校

「国立大学への現役合格」という明確な目標に向けて歩み始めた僕の高校生活は、それまでの15年間の人生において最も充足したものになった。目標があると日々が充足する。それに校風も僕に合っていた。その校風の学校に集（つど）う生徒たちとも自然体のまま仲良くなれて、「友達」と呼べる関係性を築けたりもした。中学時代なんて、目標はなく、校風は合わず、友達は０人だ。暗黒の中学時代を乗り越えて、充足した高校時代へと僕は到達した。


　先に「大学受験の勉強をしっかりしている」という前提で、それ以外は何をしても基本的に許される校風であると書いた。その校風を、僕は思う存分に活用した。

　たとえば、朝起きて学校に行く気分でない日は「今日は気が乗らないので休みます」と担任の携帯にメールする。担任からの返信は「了解」の一言。理由の追及などはいっさいない。メールを一通送るだけで、その日は完全に自由になれた。卒業するために最低限必要な出席日数はあるのだろうからあまりサボりすぎるとまずいのだけど、高校生活は中学と違って学校が嫌ではなかった、どころか気の合う友達と過ごせて楽しかったので、平均すると週4・5日ぐらいはちゃんと通った。月に1日か2日、気分で休んだ程度だった。

高校生活3年間で、たぶん一度も風邪は引いていない。清らかな気分で健康的な日々を過ごしながら、月1、2日だけ気分で学校を休み、自由を謳歌(おうか)する。そんなすがすがしい日々を満喫(まんきつ)していた。

ちゃんと週4・5日も真面目に学校に行き、内職ばかりしていた。国語の授業中に数学の内職をして、数学の授業中に国語の内職をしたりしていた。なぜそんな意味不明なことをしたのか、特に理由はない。そもそも授業を聞く気がなかったので、授業の科目とは無関係に自分のやりやすい順番で勉強をしていた。とりたてて教え方がうまいわけでもない普通の教師の授業をいちち聞くよりも、わかりやすさに定評のある有名本を使って自分のペースで勉強するほうが僕には取り組みやすかった。

中学と違い、内職がバレても何も言われないのがよかった。「授業を聞いて勉強するか、自分で進めるかはお前らの好きにしろ。点数さえ高ければいい」みたいな雰囲気だった。

そんな感じで、国語、数学、物理、化学、政治経済、歴史、英語などに関しては自分のペースでのびのびと勉強していた。

一方の実技科目について。公立中学時代では嫌すぎてサボり、内申点で「1」を授かったけど、私立高校特進コースではこちらも一転してのびのびできた。

まず体育は、着替えるのが面倒くさいので制服の上からジャージの上下を無理やり重ね着して参加していた。とても動きづらいけど、運動する気がないので構わない。へらへらしながらオタク友達と昨日放送されたアニメの話をして（不良率０％、オタク率90％の学校だった）、温厚な体育教師に笑顔で「こらー、ちゃんとやらないとダメだぞー」と言われる。それに対して「勉強の息抜きが僕たちには必要ですから」とへらへら答える。すると「しょうがないなあ、お前たちは。頑張れよ！」で終わり。怒られるどころか勉強の応援をしてもらえる。

女がいないので、体育でカッコいいところを見せようとするうっとうしいやつも誰一人いない。それに仮に女がいたとして、そもそも体育でカッコいいところを見せられるタイプのやつがいない。僕を含め、内気でオタクな生徒ばかりだ。きっと僕と同じく、公立中学ではうまくやっていけなくて逃げてきた生徒たちが集っていたのだろう。

内気でオタクで、自分の世界を持っていて、しかしその世界と現実との間でうまく立ち回れない同い年の男たちばかりがそこにはいて、だから仲良くなれた。

体育以外の、美術や家庭科や音楽など中学時代は大嫌いだった技術科目は、たぶん存在すらしなかった。それらの授業に関する記憶がまったくない。覚えてないほどにサボり倒しただけかもしれないが。

この本を書くにあたり、高校時代からの友達に聞いてみたところ、「家庭科とは、つまり数学の一種である」という意味不明な暴論によって家庭科の時間には数学の授業がおこなわれていたらしい。美術、音楽については友達も覚えていなかった。

体育祭はたぶん存在しなかった。少なくとも僕および友達の記憶の中には存在していない。また文化祭は、存在したものの参加するかどうかはクラス単位で自由だった。僕の所属した特進コースは、参加するかの議論が生まれるまでもなく、3年間にわたりもちろん不参加だ。母校の文化祭を一度も見たことがない。文化祭とは僕にとって休日を意味した。

修学旅行は高校1年のときにあった。中学の修学旅行は欠席した僕だけど、高校では積極的に参加して、楽しい思い出をたくさんつくれた。3泊4日で九州を旅行するもので、アニメイト鹿児島店で買い物したり、旅館で夜を徹してマリオカート64で腕を競い合ったりしていた。まともに観光した記憶はない。いちおうはスケジュールに沿った観光コースが設けられていたものの、そういうものを真面目に守る発想が欠如(けつじょ)している集団だった。

そんな、学校としてはいろいろと終わっている環境であり、しかし、というか、だからこそ、僕には居心地(いごこち)がよかった。

高校時代も母は家で赤ペン先生を続けていた。そんな母に対して、高校生へ成長した僕は中学時代のまま近くでデスメタルを流したり、唐突に「腹減ったー」と言ってみたりしながら仲良く暮らしており、そういう面では何も変わっていない。ただ、中学の頃は学校の話はほとんどしていなかったのに対して、高校では頻繁(ひんぱん)に先生の話、友達の話、授業の話などもするようになっていた。

「今日の担任の服装はピンクのアロハシャツにビーチサンダルだった」

「昨日までオシャレにミディアムロングな髪をサラサラさせてた友達が急に坊主になって、しかも10円ハゲがあった」

「勉強についてこれなくなったクラスメイトが容赦（ようしゃ）なく留年させられてた」

「体育で初めて剣道をやってみて、防具が暑くて臭かったけどけっこう楽しかった」

など。何かと面白いエピソードがあり、それを母に伝えたかったのだ。純粋に面白い話を聞いてもらいたかったし、高校生活を楽しんでいることも伝えて安心させたかった。母は中学の頃と変わらず、幸せそうな表情を浮かべながら僕の話し相手をしてくれていた。

自分のやり方で合格

好き放題に高校生活を送りつつ、国立大学の現役合格に向けた勉強は3年間継続し、目標通り合格できた。そのための特進コースでもあったので、目標を達成できてうれしかったし達成感があった。

国立大学への合格は、自分に対する自信にもなった。中学では鬱屈（うっくつ）しながら日々を過ごし、内申点がボロボロになり、社会から門前払いを食らった感覚があったので、「俺は人としてダメなやつなんだ。人として欠陥があるんだ」と考えさせられた。その体験はどうしたって自信を奪（うば）っていく。

でも高校時代では一転して、自分のまま、自分のやり方で、楽しい日々を過ごし、そして目標達成もできたので、「なんだ、やっぱり俺はダメじゃないじゃん」と自信を回復できた。

思い返すと、やり方が自分に合っていたのだと思う。時間と場所とやり方をガチガチに決められて、それに従うのではなく、自分の計画に沿って進めるのが性(しょう)に合っていた。決められたやり方に従ったほうが効率的に学力を上げられたかもしれないけど、そのやり方だときっと3年間も勉強を継続できず、どこかで嫌になって投げ出していた気がする。効率は悪いかもしれないけど、自分のやり方で継続する。それが僕には合っていた。

そうして、楽しかった3年間の高校生活は、自信を獲得して幕を閉じた。

第３章　グダグダな大学時代

勉強についていけない

目標を達成し晴れて国立大学へ入学した僕は、特殊な私立高校生活から真っ当な国立大学生活へとスムーズに移行でき、世界が広がり勉学やサークル活動や恋愛やバイトにいそしむ充実したキャンパスライフを送ったのであった。

……ということはなくて、大学生活にあまり適応できなかった。そして目標も失い、堕落していった。せっかく高校生活で人生が充足していたというのに……。なぜこうなってしまったのだろうか。

そもそも、なぜ僕は大学へ進学したのかというと、とりあえず常識的に考えて大学へは進学するべきだと考えたからだ。といっても自分の頭でそう考えたのではなく、この社会にいつの間にか存在しているそんな常識に従っただけなので、自分では別に何も考えてはいない。

たしかに僕は、中学2年生の頃に「自分の気持ち」に目覚めた。時間と場所とやることを他人から決められるのではなく、それらすべてを自分の考えに沿って決めて、その通りに行動していたいという気持ちだ。そして僕は、常識をおおいに参考にしているとはいえ、少なくとも自覚的には自分の気持ちとして大学へ進学したいと思った。だから進学したのである。中学では気持ちとの葛藤によりおかしなことになったけど、本来の僕はけっこう堅実なのだ。この世の中で堅実に生きていく上で、大学には進学しておきたい。

そして国立か私立に関しては、学費の安さとカッコよさで国立を選んだ。あと文系か理系に関しては、高校までの範囲においては数学と物理が得意だったので理系を選んだ。理系のほうが就職するのに有利らしいし、ならもう理系一択だ。迷う余地なし。

という経緯で国立大学理系学部へ入学した僕は、こうなった。

「……で？　ここで何すればいいんだ……？」

大学でおこなわれる講義は、難しくて何を言っているのかほとんどわからなかった。わからないのだから興味の持ちようもなくて、大学で学ぶ学問は僕にとって目標にはなりえなかった。

大学で学んだ内容の意味をほとんど理解していないので何がわからないのかを言語化することも無理なのだけど、とにかく、僕には意味がわからなかった。数学ひとつとっても、高校までの内容とは明らかに違う。高校数学で学んだ極限も微分も積分も複素数も、それが何を意味するのかはわからなくても、解き方を覚えれば問題は解けた。そしてそれが僕はそこそこ得意だった。

しかし大学においては、それらが何を意味するのかの本質を理解していないと問題に対応できなくなった。そんな感覚だ。

僕は数学を専門に扱う学部ではなく、いわゆる工学部のような学部に入った。それでも、そこそこ得意だったはずの数学ですらついていけなくなってしまった。

数学以外でも、僕にはもはや謎の呪文ぐらいに思えるような講義の目白押しだった。かろうじて、世の中で広く使われている科学技術の基となる知識なのだろうとは推理できたけど、そんな推理をしている事実そのものが、いかによくわかっていないのかを証明している。本来は科学技術の研究を志し、その手段として門を叩く場所なのだろう。よくわからないまま門の中に入り、「もしかして、この勉強は、科学技術につながるものなのだな？」と推理したところで、それは推理すべきことではなく、前提中の前提なのだ。

僕は大学に入学して早々に、国立大学理系学部での学問の道に挫折した。

いや、こういうのは挫折とは言わないだろう。そもそも志してもいないのだから。志してもいないのに、なんとなく社会の流れに乗っているうちにその道に迷い込み、しかし自分には全然合わないと気づいただけだ。

大学という組織に馴染めない

大学の勉強についていけないことに対する悔しさは別になかった。そもそも志していないからだ。

僕にとって、大学内のクラスメイトたちは比較の対象ではなかった。自分とはまるで違うタイプの人種であることが一瞬で悟れる人々ばかりだからだ。

たとえば、プログラミングの講義で、まだ初級者向けの内容をやっているのに、ものの10分かそこらでピンボールのゲームを自主的につくって遊んでいるクラスメイトが僕のすぐ右隣の席に座っていた。僕からしたら、何をどうしたら今まさに初級の学習を開始したばかりのこの無機質なプログラミング行為からピンボールゲームが生み出されるのか、まったく理解ができない。そして僕は別にプログラミング行為を通してピンボールゲームをつくりたいとも思わない。あまりそこに興味がない。

これはあくまで一例であり、イメージ的にわかりやすい例として書いてみただけで、このような、「あ、この人は自分とは才能も能力も興味も違うのだな」と感覚的に一瞬で悟れる人々ばかりだった。そういう人とは比較をしようとも思わない。

だから、大学の勉強についていけなかったとはいえ、悔しさとか劣等感による苦しさを僕は感じなかった。それはそれでどうかと思うけど、事実としてそうだったのだ。

しかし、僕は別の苦しさに苛まれた。何かというと、与えられたスケジュールに沿って決められた時間に決められた場所へ行き、講義に出席して、何の興味もないし意味不明なお経を聞くという生活そのものだ。

一般的には高校よりも大学のほうが自由度は高いのだろうけど、僕の場合は逆で、大学に入ってから自由を再び失った感覚がある。毎日朝から夕方まで講義が詰まっていた。各講義で次回までの課題も出されるので、講義後はそれらへの対応もある。

大学においても高校のときのように参考書で自習して自分のペースで勉強できるかというと、さすがにそれは無理だった。専門性が高くて難しいので、自習で理解するのは厳しい。講義に出るしかない。講義に出ても意味不明ではあるものの、それでも出ないよりはまだマシだ。意味不明度合いが多少は和（やわ）らぐ。それに出欠もしっかり取られるので、出席しないとそれだけで単位を落としてしまう。

1年と2年のときは、体育の講義まであった。よく知らないクラスメイトとペアになり、1ミリも興味がないバドミントンのダブルスで試合をするという苦行（くぎょう）をやらされたりした。これも出席しないと単位を落とすし、高校時代のようにヘラヘラしていられる空気でもなかった。

「こんなの意味ないから、サボって昨日のアニメについて考察しようぜ」というのが高校のクラスにおける暗黙の了解だったのだけど、大学の体育においてはそんな暗黙の了解はまったく存在しなかった。「普通にちゃんと体育はやるよ、当たり前じゃないか。バドミントンでダブルスをやると言われたら、ペアをつくってやるよ。従わないとかありえないよ」という良識だけがその場を支配していた。

「そういえば学校って、こういうところだったな……」と僕は思い出した。あれは本当に学校と呼べる場所だったのだろうかと疑問にすらなる自由な私立高校3年間の生活に浸かっているうちに、学校というところの本質をすっかり忘れてしまっていた。というか、まさか高校から大学へ進学をすることで、かつての中学のような環境に再び戻るとは想像できていなかった。大学とはもっと自由な場所だと勝手にイメージしていた。

高校時代と違い、周囲は真面目な人ばかりだった。言われたことを言われた通りにきっちりこなす、ちゃんとした人に囲まれている感覚があった。真面目に中学に通い高い内申点を獲得し、真面目な生徒のみが集う公立高校へ進学し、そこでも真面目に高校に通い社会性をさらに高めてきたであろう人々と、特殊な私立男子高校で3年間も自分の好き勝手に自由を享受して、中学時代からさらに社会性を低下させた僕。両者の間の溝は3年間の中でますます大きくなっていて、学校組織に僕はますます馴染めなくなっていた。

私大文系へ入り直す?

改めて自分の好きなものを見つめていくと、僕は科学技術には残念ながらまったく関心がない。それなのに工学部的な学部へ入学したのだから、われながら呆れてしまう。自分が何をしたいのかを考えなさすぎだろう。なんとなくの社会のレールに無思考に乗りすぎである。

自分でもわけがわからない。社会一般のレールに沿って生きていき、中学生活では「自分の気持ち」との葛藤により脱輪しておきながら、大学への進学に対しては何の葛藤も生じなかったのだから。僕はレールにはとりあえず無思考に乗りながら、その中での個別具体的な細かなところで「自分の気持ち」と葛藤してしまう要領の悪いバカなのかもしれない。高校時代に回復させた自信が消失しそうだ。

でも、それはもういい。今さら言っても仕方がない。社会は広いのだ。入学した学部の学問は理解不能であり、興味が持てそうにない。学校としての国立大学理系学部にも馴染めない。それで結構だ。それならそれで、大学以外の場所を自分のフィールドとして、そこで楽しく生きていけばいいだけだ。

僕は実は、小説や映画やアニメやゲームなどで物語を味わったり、歴史や社会に関していろいろ調べて知的好奇心を満たすことが好きなのだ。高校生活3年間の中では、とにかく大量のアニメを観てきた。オタクの集まる高校内においても自分以外の誰も観ていないのではないかと思えるマイナーなアニメを深夜2時からリアルタイムで視聴して、その考察を2ちゃんねるに書き込んでいたぐらいだ。

僕は2次元美少女にハアハアすることを目的にしているのではなく、100%の虚構表現であるアニメだからこそ描ける世界観とキャラクター、物語を味わう目的でアニメを観ていた。その過程で結果的に仕方なく2次元美少女にハアハアすることもあったかもしれないけど、あくまで僕の目的は文学性の高いアニメを味わうことであった。深夜にリアルタイム放送で文学的アニメ作品を視聴して、直後に2ちゃんねるで考察を書く。そんな文学者気取りな高校生活を送っていた。

大学に入ってからアニメ熱はやや下がったものの、代わりに小説をよく読むようになった。エンタメ小説はもちろん、文芸と呼ばれるような文学の楽しさも感じられる。あと、一般教養の講義は興味を持って学べている。たとえば音楽史の講義が面白くて、そこからクラシックを聴くようにもなった。バッハなどビッグネームばかりではあるけど、芸術とはこういうものを指す言葉なのだな、としみじみと味わう楽しみを新たに体感している。

もしかして僕は、文科系の学部のほうが向いていたのかもしれない。それも私立だ。私立の文系で束縛のゆるい環境の中、自分の興味の赴くままに教養を学んでいく。学費は今よりかかるけど、その分バイトをすればいい。

私立大学の文系学部へ、入り直しちゃうか？　文学部なんか、すっごく興味がある。

……いやー、でもそれは、正直言って、すごく面倒くさい。せっかく入学したのに、退学して、1年間また受験勉強して、受験して、また新しい大学へ入学する……。考えただけで面倒だ。お金もかかる。

お金といえば、大学卒業後は就職してお金を稼がなければいけない。そして就職を考えると、私立大学の文学部より、国立大学の工学部だろう、どう考えても。まあこのまま留まったところでエンジニアとしての知識もスキルもろくに習得できないだろうけど、それでもどうにか卒業さえできれば、エンジニア以外への就職であっても、やはり国立理系のほうが有利に違いない。

まとめよう。私大の文系へ入り直すのは、面倒くさいし、将来が不安である。だからこのまま今の大学に留まり続け、卒業を目指す。そのかたわらで、自分の好きなことをしていく。そうすべきだ。

遊び惚け、単位ギリギリの進級

そんな方針で大学生活を送っていこうと決めたわけだけど、卒業だけを目標にして、理解できないし興味も持てない勉強を、馴染めない学校的組織に管理されながら取り組む生活が、僕には結局耐えられなかった。退屈な目標、合わないやり方、興味の持てない学問。すべてが無理になった。

とはいえ、別の大学へ入り直すのはやっぱり面倒だし将来への不安もよぎる。せっかく国立理系に入ったのにもったいないとも思ってしまう。しかし現状はしんどい。どうしよう、どうしよう、どうしよう……。

そうやって悶々としながらも、高校時代からの友達は変わらず友達であり続け、彼らといるときだけは自分の気持ちに正直でいられて心が安らいだ。だから頻繁に会い、まずいけど安い居酒屋や誰かの家で延々と酒を飲みながらアニメを観たりゲームをして徹夜で遊び惚けたり、遊び惚けるために必要なお金が足りなくなったらバイトをして、その合間にしぶしぶながら最低限だけ大学の勉強もする生活を続けていたら、あっという間に3年になっていた。

かろうじて単位をかすめ取りどうにか3年まで進級してきたものの、文字通りかろうじての進級であり、一歩でもミスをしたら留年していたところだった。最低取得単位数ギリギリであり、工学系の必修単位は軒並み「可」だ。「可」とは「不可」の1つだけ上であり、「秀、優、良、可、不可」の上から順で評定が高い。不可だと単位をもらえない。一般教養の講義ではわりと優を取れているのに、本題である工学系講義で「可」ばかりなのだから、本当に自分には合っていない場所に来てしまった。それでもどうにか3年まで上がることはできた。あとは4年に上がり、最も楽と噂される研究室へ所属して、どうにか騙し騙しやりながら卒業するだけだ。

——でも、そううまくはいかなかった。これまで僕は、ツケを後ろに回しながらどうにか進級してきた。講義の難しさに拍車がかかる中でろくに理解度も上がっておらず、しかも最低取得単位数ギリギリで進級してきたのだ。

理解度は横ばいで、講義の難易度は上がり、これまでギリギリで進級してきた分だけ3年では多くの単位を取らなければならない。

うん、無理だ。無理だった。

留年決定

僕はとうとう、留年した。4年生に上がれなくなり、2度目の3年生をやらなければならなくなった。

端的に言って、拷問に近い。しんどい大学生活が1年追加されてしまったのだから。これはさすがにつらい。つらすぎる。

まあ、なにもかも自業自得ではある。それは認める。高校からの友達と堕落した遊びに興じながら、片手間に最低限の勉強しかしてこなかったのだから。後にツケを回していき、このままだと留年するであろうことぐらい、もう大学生なのだからわかっていた。

だけど、どうしても気持ちの面で、興味が持てず理解もできない講義を受けるために時間通りに教室へ行き、集中して勉強する行為に対して、心と身体がついていかなかったのだ。嫌すぎて、無理すぎて、どうにもならなかった。どうにもならない気持ちと格闘しながらどうにか頑張って通学した結果が、高校からの友達と自堕落に遊びながらかろうじて最低限の勉強だけする暮らしだったのだ。

なんだか、以前にもどこかで似たような失敗を経験した気がする。僕はまたやってしまったのだろうか。またやってしまったのだろう。中学の頃の失敗に関しては「まあ、まだ子供だからしょうがないよね」と思えなくもないけど、今回に関しては、もはやシンプルにダメ人間ではないか。社会性を高めることなく成人してダメ人間になってしまった。僕はいったい何をやっているのだろう。

中途半端なのがいけない気がする。もし1年生のとき、早々に私大の文学部へ入学し直す選択をしていたら、今頃どうなっていたのだろう。当時はまだ1年生だったのだから、世に多くいる浪人生と同じようにもう1年勉強して、それで改めて大学生活を仕切り直せたかもしれない。そうして僕は文学の道へ進むと決意し、文学サークルなんかにも加入して、同好の男女たちと和気(わき)

藹々なキャンパスライフを謳歌できていた可能性すらある。

それが現実は、これだ。留年が決定し、大学の中には友達なんていない。サークルにも入っていない。キャンパスライフという概念自体が僕の生活には存在しない。どうにか講義に出席して（たまにどうしても無理で欠席して）、終わったら即帰宅して、1人で、あるいは高校の友達と自堕落にモラトリアムを過ごしているだけだ。

思い返すと中学の頃だって、中途半端に週3・5日登校なんてことをしたのが悪い。もう学校に行かないなら行かないで、ハッキリしてしまえばよかったのだ。そうしたらきっと、僕は大検（大学入学資格検定、現・高等学校卒業程度認定試験）の存在を知った。不登校なりのその後の身の振り方を全力で考える過程で大検を知るはずだ。そして高校には通わず大検を受けて、大学へ入学し……うん？　それだと今と同じ結果になるのか？　しかも高校で出会った友達とも出会えなくなる。それは嫌だ。彼らは僕の心の支えなのだから。ということは、中途半端なことをせず、ハッキリと不登校になればよかったとは言い切れない……。

もう、わからない。何が正解なのかがわからない。今だって、どうすればいいのか僕にはわからないのだ。拷問に近い2度目の3年生をやり、どうにか4年生に上がり、研究して卒業するべきなのか？　あと2年。その過程を想像するだけでもしんどい。今からでも自分に合っていそうな大学へ入り直したい、気がする……いや、それはさすがに手遅れだろう。1年生のときならまだしも、もう3年生だ。今さら1年生と混じって新しい環境で勉強するのには抵抗がある。それに、たとえ私立文系であろうと、もう学校という組織に通いたくはない。

もう、僕は嫌なのだ。自由になりたい。毎日、時間も場所もやることも、すべて自分で決めて自由に過ごしていたい。なぜそれができないのだろうか……いやまあ、なぜかというと、それだとこの社会で生活していけないからだ。そんなことはわかっている。だから、とりあえず大学ぐらいは卒業しておきたい。そして少しでも良い学歴を武器に真っ当な会社へ就職すべきだろう。そのためには自由の追求なんてしていいわけがない。僕は自由に生きられる芸術家のような人間ではないのだから。ならもう、このまま卒業を目指すしかない。それが正解だ。

母への連絡

ここまで触れてこなかったけど、僕は大学への進学を機に実家を出た。実家から大学までは電車を乗り継ぎ片道2・5時間ほど。通学できないことはないものの、けっこうつらい。そんな距離だった。

実家を出て一人暮らしをするとなると当然ながらお金がかかり、せっかく国立大学へ入学したことによる節約効果も帳消しになりかねない。のだけど、偶然にも大学と同じ方面にて父が単身赴任をしていたため、僕は父と二人暮らしをすることにした。その偶然がなければ片道2・5時間かけて通学していたのだろうから、父に感謝している。

といっても、父は海外を含めた範囲で営業をしているバリバリのサラリーマンであり、出張続きのためほとんど家には帰らなかったから、実質的には一人暮らしであった。

実質的な一人暮らしの家をアジトにし、高校からの友達たちと自堕落な時間を延々と過ごす。それが僕の大学生活のうちの3割ほどを占める。そしてそんな生活で時間を浪費している間に留年した僕は、そのことを実家の母へ報告しなければならない。

大学生活の中では数ヵ月に一度ぐらいの頻度（ひんど）でしか実家へ帰っておらず、母への連絡も用件があるときのみとなっていた。高校時代まではほとんど毎日を母と過ごし、母と雑談し、母と夕食を食べ、母の隣でデスメタルを聴いていた僕も、すっかり母離れをしていた。僕が好きな物事を一方的に母へまくし立てているときの、母の楽しそうで幸せそうな顔は、もうしばらく見ていない。でもその生活にもすっかり慣れた。成人済みの息子と母の距離感なんて、このぐらいが適切だろう。

しかし、だからこそ、留年報告をするのは気が重い。毎日一緒に過ごしていたのなら、事前にジャブを打てていただろう。大学生活がうまくいっていないことを暗に伝えたり、単位が危ないんだよなあと雑談してみたり。もう少しストレートに、もしかしたら留年してしまうかもしれないとも事前に伝えられていたはずだ。

しかし家を出て、母とはたまに用件があるときのみのコミュニケーションになっていたから、留年に関して僕はいっさいのジャブを打てていなかった。母はきっと僕のことを、目標だった国立大学理系学部に入学したのだから、学びたいことを学び、新たな気の合う仲間もつくり、充実したキャンパスライフを送っている想像しかしていないと思われる。まさか高校からの友達とばかりダラダラしているとは、夢にも思っていないだろう。

　事実をそのまま伝えるとしたら、こうなる。目標だったくせに、いざ入学してみたら勉強には全然興味が持てないし、難しすぎてついていけていない。大学内の人たちともソリが合わないし、また中学の頃みたいに学校に管理される生活になってしまってそれにも適応できていない。どうすればいいのかわからないけど、とりあえず大卒にはなりたいから、卒業だけを目標に頑張ろうとはしたけど無理になっちゃって、例の高校からのあの彼らとダラダラしてたら留年しちゃいました。

　……こんなことはとてもじゃないけど言いたくない。いくら母相手とはいえ情けなくて恥ずかしい気持ちもあるけど、何より、母を悲しませたくはないからだ。僕の生活がそんなことになっていると知ったら悲しむだろうし、自分を責めてしまうかもしれない。

　だから僕は、「必修講義の単位を、たった1つだけ、不覚にも落としてしまった」ことにした。どうしても電気回路が苦手で、頑張って勉強したのだけど及ばず、そこだけ単位を落としてしまった。でも大丈夫。それさえ取れれば次は必ず進級できるのだから。1年もあるので余裕だ。この1年の中で、苦手な電気回路の克服（こくふく）はもちろん、それ以外の勉強も深めていくよ。せっかくなのだから、有意義な1年にしたい。ちなみに、国立の理系で留年というのは日常茶飯事（さはんじ）であり、自分のほかにも留年している人なんてたくさんいるよ。そんなことを母へ伝えた。

　僕は、母に嘘をついた。実際は必修単位を不覚にも1つだけ落としたわけではない。不覚ではなく当然の結果として、複数の単位を落としていたのだ。

母の反応は、

「あらー、まあ、しょうがないわねえ」

「それじゃあ、もう1年頑張ってみるのね?」

「たまには帰ってきなさいよ」

というようなものだった。

ちなみに僕は、ひたすら、

「うん、大丈夫だから。大丈夫、大丈夫」

とばかり言っていた。何も大丈夫ではないのだけど、とにかく心配をかけたくはないので、大丈夫と連呼した。

もう、絶対に、留年は許されない。必ず1年で4年生へ進級し、1年で研究も終わらせる。そうして無事に卒業してみせる。

淡々と単位を取り、淡々と研究する

とりあえずは、とにかく大学を卒業すべきである。そう考えて、もう腹を決めて、卒業することだけを目標にして僕は単位取得に励んだ。

嫌だ、つらい、興味がない。そういう気持ちは抑え込んだ。とにかく卒業しなければいけない。

これ以上は留年せずに卒業できれば、母へついた嘘は嘘ではなくなる……いや嘘ではなくならないけど、露呈しないまま過去となる。それに、ここでちゃんと大学を卒業しないと、僕はこの先の人生を詰んでしまいかねない。ここで大学を中退したとしたら、僕はいったいどうなってしまうのだ。フリーターか？　嫌だよそれは。ちゃんと大卒の立場で就職したいのだ僕は。だからもう、今は心を押し殺してでも頑張るしかない。

そうして、「自分の気持ち」を押し殺して淡々と単位取得に取り組んだ成果として、どうにか4年生に上がれた。

その後、4年では研究室に属して研究を進めた。研究室は計画通り、最も楽そうなところを選んだ。とにかく無事に卒業することだけを考えていた。

当然のように研究内容にもあまり興味を持てなかったわけだけど、それでも4年時の研究室生活は、それまでの大学生活の中では最もマシな日々を過ごせて、それなりに楽しくもあった。決められた時間に、決められた場所へ行き、決められた講義を座学で受けることのくり返しだったそれまでから、テーマは与えられつつも、それをいかに研究していくかは主体的に進められる環境だったからだと思う。

大学生活の最後に、ついに僕の気質が生かせる環境になった。これまでより相対的には楽しい大学生活がようやく幕を開けたのだ。とはいえ、それはこれまでのどうしようもない大学生活と比較した場合の話であり、比較をしなければとりたてて楽しいものでもなかった。正直、研究なんて面倒くさかった。

面倒くささを努めて無視しながら淡々と研究を進め、淡々と研究発表し、淡々と卒業し、淡々と僕の惰性と堕落に満ちた大学生活は終了した。

留年してから卒業まで、サラッと書いて終わってしまった。本当にもう淡々と進めただけだから、書くことがほとんどない。

卒業式の理想と現実

大学の卒業式というと、満開の桜の木の下で、スーツをきた卒業生を後輩たちが囲みながら、ときには涙を流しながら見送るイメージだろう。世話してきた後輩たちに見送られながら、これからの新しい人生の門出(かどで)に胸をときめかせる。そんな人生の節目の1コマ、それが大学生の卒業式である。もちろん僕はそんなものとは無縁だった。スーツを着て1人で卒業式に出て、終了と同時に帰宅した。おそらく一言もしゃべっていない。行く、式に出る、帰る、以上。

ただでさえ友達がいない状態から留年したので、大学には友達どころか単なる顔見知りすら研究室の数人しかいない有様(ありさま)だった。留年後は誰ともしゃべらず講義に出席して帰宅していたのみ。研究室では「本来は自分と同学年だったのに今はもう院生な先輩」と、「本来は自分が1年先輩だったのに今は同期の学部生たち」との、お互いになんだかやりづらいコミュニケーションに終始した。

自分が何をしたいのかよくわからないまま、ふらふらと惰性で過ごしてしまった大学生活の最後の日として、この虚無的な卒業式はシックリきた。ああ、行動の結果が現実になるのだなあ。虚無になりながら、僕はそんな人の世の真実を、身をもって実感した。

ところで、『げんしけん』（木尾士目著）という漫画作品がある。オタク大学生たちの青春キャンパスライフを描いた名作だ。主人公である笹原くんは僕と同じく内気なタイプなのだけど、僕と違って笹原くんは、勇気を振り絞って1年生の頃にオタクサークルへ入る。そこで人間関係を育(はぐく)み、彼女もできた笹原くんは、卒業式では彼女をはじめとした人々と、まさにイメージ通りの「希望に満ちた、青春の1コマとしての大学の卒業式」そのものを経験するのであった。

僕は『げんしけん』が大好きだ。全巻持っており、くり返し読んでいる。そして僕は、笹原くんに憧れていた。私立大学文系学部に通い、これといった特技はないけど人は良くて、趣味を通して先輩とも同期とも後輩とも仲が良くて、彼女すらできて、日々を充足させていく笹原くん。

僕も笹原くんになりたかった。だけど、笹原くんになるための行動をひとつたりとも起こさなかった。笹原くんにはなりたいけど、せっかく獲得した国立大学理系学部の手札を捨てるのはもったいないし、笹原くんの社会的立ち位置には不安もある。気心の知れた高校からの友達とばかり遊んでいるほうが楽でもある。適応できていない大学内で笹原くん的な気の合いそうな仲間を探して関係構築するのなんて面倒くさい。

そうして現状をなんとなく過ごしていた結果、僕は笹原くんになる機会を永久に失ってしまった。僕はもう19歳の大学1年生ではなく、23歳の卒業生（留年付き）なのだから。

人生が難しい

人生って、取り返しがつかないんだなあ……。そんなことを、僕はこの大学生活を経験する中でしみじみと悟った。

時間を巻き戻すことができないのがつらい。何が正解かもわからないのだから、いろいろと試させてほしい。試しに国立理系に入ってみて、合わないことを実体験から確認したら、受験生の頃まで時間を巻き戻し、今度は私立文系へ入る。そういうことをさせてほしい。そうしたらもっと人生は生きやすくなるし、笹原くんルートや文学部ルートを試すことだってできるのに。

笹原くんに憧れるとはいえ、そのルートを実際にやってみたらオタクサークルならではのややこしい人間関係に巻き込まれて辟易し、私大の文系で就職にも苦労して、ブラック企業で外回り営業をやるハメになる。そしてやり直せない。そういうことを考えると、笹原くんルートへ進むのに二の足を踏む。「あーあ、もっと堅実に学歴を高めて一流企業へ就職できるようにすればよかったなあ……」と後悔したとしても、もう遅い。

一方、僕の今の現実は、いちおうは堅実に学歴を高めるルートではある。そして1年の留年というマイナス点はあるものの、それなりの学歴は獲得できた。でも大学生活はグダグダであり、ありえたかもしれない他の人生を想像せずにはいられず、漫画の世界の住人である笹原くんへ憧れの目線を向けている。

しかし笹原くんは、漫画の中では、派遣の漫画編集者をやることになり、「好きな業界で仕事ができる！　やったね！」みたいな展開になったものの、派遣の編集者なんて下っ端としてこき使われて激務に決まっているし、業績が落ちたらすぐクビだろう。そして転職活動をした結果、ブラック企業に就職し、真夏に外回り営業をするのかもしれない。かわいそうに。僕は笹原くんみたいに私大文系のオタクサークルで遊んでなくてよかった……本当にそうか？

僕の今の堅実ルートにしたって、この先どうなるかなんてわからない。ろくに専門知識もスキルも習得していないのだから。噂に聞くＩＴ業界の多重下請構造の下部で奴隷のように扱われ、真夏の外回り営業をむしろうらやましく思うかもしれない。

一方の笹原くんは、転職活動をする中で、オタクサークルで築いた人脈に助けられて再び何かしらの面白い仕事に就けて、いきいきと仕事をし、サークルで出会った彼女とも楽しく暮らしていけるのかもしれない。

僕の状況と笹原くんの状況を妄想の中で行ったり来たりしてみたのだけど、つまり何を言いたいかというと、結局、先々のことなんてわからないのだ。

それでも何かを選ぶしかなくて、しかし時間は巻き戻せない。だからどうすればいいのかわからなくなる。もうわからないことばかりだ。

世の人々は、時間を巻き戻せない仕様の人生に対してどう対処しているのだろう。憧れる道はあるけど、その道を選ぶ不安もあり、後悔する想像もできる。やり直しはできない。そこで思い切って憧れる道へ行くと腹をくるとしても、憧れる道も複数ある。どちらも別の魅力があり、別の不安がある。後悔してもやり直せない。重ねてしまった年齢は元には戻せない。

　この仕様を踏まえると、とりあえずは堅実に進学して卒業して、就職しておくべきである。という結論にきっと僕は無意識のうちに至り、その通りにし続けてきた。それが相対的には最も後悔が少ない選択であると判断してきたのだと思える。とりあえず堅実にしておけば、せいぜい、漫画の世界の住人や、現実だけど画面の向こうの住人と自分を比較して、「自分にも、もっと面白いほかの選択があったのかもなあ」と後悔する程度だろう。人並みの生活を送ることはできる。まあ、人並みなのだからいいじゃないか。相対的には後悔が少なくてマシな選択だからこそ、大勢が選び、結果としてそれが人並みになるっていうことかもしれない。

　これがもし、堅実さを犠牲にしてほかの道を選んだ場合、悲惨な生活に陥り、食っていくことすらままならなくなり、自らの過去の選択を毎日後悔しながら残りの生涯を過ごすことになりかねない。そんなのは嫌だ。

　だから、僕は就職することにしたのだ、たぶん。「自分の気持ち」として就職したいわけではない。むしろ就職はしたくない。学校と同じような苦痛を味わうのが目に見えている。会社で働くのは僕には向いていないのだと、これまでの経験を踏まえれば容易に想像できる。

　とはいえ、食っていけなくなり過去の選択を毎日後悔する恐怖を押しのけてまでほかに進みたい道もない。しかもその後悔は、10年後20年後にありえるかもしれない遠い未来の可能性ではない。就職せずに卒業した場合、1ヵ月以内に早々に到来する後悔だろう。だって僕には、就職する以外に稼ぐあてなんて何もないのだから。

後悔の大きさ比較を論点として進学や就職を選んできたかのような言い方をしたけど、僕の場合はそれ以前であった。そもそも、進学や就職以外の選択肢がない。食っていくためにはお金が必要で、そのお金を稼ぐ手段としてはちゃんと進学して、卒業して、就職する以外に何も案がない。

ならもう、腹をくくって就職するしかない。

第4章　人並みに就職活動

ちゃんとした社会人になる

時間を戻せない現実の難しさについて書いてきたのだけど、本の中でなら時間軸をいかようにも動かせる。大学を卒業した話から1年ほど時間を巻き戻し、僕の就職活動について書いていこうと思う。

留年して2度目の大学3年生の終盤に、僕は就職活動を開始した。

2008年の正月三が日が終わってすぐ開催された就活イベントに、僕は参加した。東京ビッグサイトで開催され、数え切れないほどの企業がブースをつくり説明会を開催する大きなイベントだった。

新年早々に、企業と就活生でごった返す東京ビッグサイトへ行く。なかなかに拷問だ。正月なんだからもっとゆっくりすべきではないだろうか。企業側も就活生側も。

とは思うものの、どんな企業に就職できるかは、その後の人生に対して大きな影響がある、はずだ。たぶん。ただでさえ僕はグダグダで自堕落な大学生活を過ごしてきた挙句に留年までしてしまったのだから、その分だけハンデがある。この期に及んで周囲に後れを取るわけにはいかない。さすがに、いい加減、ちゃんとしないとダメだ。

僕はもう、留年してから目が覚めた。大学をちゃんと卒業する。そして真っ当な会社へ就職する。とにかくそうする。いいからそうする。「自分の気持ち」を抑え込んででもそうする。僕はちゃんと生きていきたいのだから。ダメ人間は卒業だ。フリーターやらニートやらの存在をテレビで耳にすることもあるけど、そういう存在に僕はなりたくない。ちゃんと働いて、ちゃんと稼いで、ちゃんとした社会人として生きていくのだ。


そうして新年早々から就活イベントへ馳せ参じたわけだけど、不思議なぐらい、そのイベントで何をしたのか記憶にない。

たしかにイベントへ行ったことは覚えている。新年早々、電車を乗り継ぎ有明まで行った。わざわざ実家の母へ「今日はビッグサイトの就活イベントに行くよ」なんていう就活アピールするメールまで送った。ｉＰｏｄでデスメタルを聞きながら。電車の窓を流れるコンクリートの景色を眺めながら、北欧デスメタルバンドメンバーたちの自由に違いない生活につい思いを馳せてしまう。いいなあ、うらやましいなあ……。

そしてその日の記憶は途絶える。次の記憶は、大学での食堂だ。

とんとん拍子に内々定

東京ビッグサイトでのイベントが終わって数日後、大学の食堂で昼食を食べていると、トレーに求人の広告が載っているのを発見した。就活イベントの案内ではなく、個別の企業からの求人広告シールがいくつかトレーに貼られていたのだ。そしてその中の1つに、なんとなく心を惹（ひ）かれた。なぜ惹かれたのかというと、「NTT」の名前を冠しており安心感があったのと、業務内容にもなんとなく興味を惹かれるものがあったからだ。

NTT。日本で最も知名度の高い企業グループではないだろうか。ほかに比類するものといえばJRぐらいのものだろう。どちらもかつては国が運営していた企業という認識だ。旧国営。なんだかカッコいいぞ。どこの馬の骨とも知れない100%民間企業より、かつては国が舵（かじ）取りしていた企業のほうが間違いなく安定度は高いだろう。相対的に後悔もしなさそうだ。

帰宅して、トレーに書かれていた「NTTなんちゃら」の名前でネット検索してみたところ、業務内容は曖昧（あいまい）な理解しかできなかった。聞きなれない言葉が並ぶばかりだ。ただかろうじて理解できた範囲でいうと、まさにNTTなイメージで、インターネットや電話の通信インフラの仕組みをハードウェアやソフトウェアの両面からつくる仕事だ。別にそこまで強烈な興味を惹かれるものでもないけど、まったく興味が湧かないわけでもない。自分が普段使っているサービスの裏側がどうなっているのか、興味があるかないかで答えると、若干（じゃっかん）ある気はする。少なくとも、大学でこれまで勉強してきた複雑怪奇な知識群と比べると、生活に密着していると直感できて興味を惹かれる。

その「ＮＴＴなんちゃら」という企業は選考開始が早かったこともあり、練習も兼ねて試しに応募してみようと思い立ち、エントリーシートなるものを人生で初めて書いてみた。これまで社会に敷かれたレールに沿ってなんとなく生きてきただけなのに、急に自己ＰＲとか、これまでの人生で頑張ったこととか、特技とか、志望理由とか言われても、いったい何を書けばいいのか、僕は頭を悩ませた。

僕がこれまでの人生で頑張ったことといえば、はたして学校と呼んでもいいのか疑問を抱く私立男子高校にて好き放題をしながら、大学受験目指して自律的に勉強してきたことぐらいだ。でもいざ大学へ入学した後は何をしたいのかわからなくなり、環境にも適応できず、自律から一転して自堕落になり留年したのだから、高校時代のあの頑張りはいったい何だったのだろうかと虚無になる。

自由な高校生活の中では浴びるようにアニメ作品を鑑賞し、アニメに関する知見をため込んだ経験もある。僕に当時のアニメを語らせたら一家言ある。それはＮＴＴなんちゃらへの自己ＰＲになるだろうか。なるはずがないだろう。ならもう、ほかにＰＲできることがない。

志望理由にしたって、そんなもの、察してほしい。あなたがＮＴＴの一員だからだ。そんなの本当はわかっているのでしょう。

という感じでエントリーシートを書くだけでも苦労しながら、どうにか何かを捻り出して、僕はＮＴＴなんちゃらへ応募した。

すると、説明会、書類選考、筆記試験、一次面接、二次面接、最終面接、みたいな行程がとんとん拍子で進んでいき、大学4年の4月には早々に内々定をもらえた。まだほかの企業へは応募すらしていない段階だった。内々定とはいっても、実質的には内定と変わらないだろう。

「もういいや、就活終了」

意味がわからなかった。別に謙遜でもなんでもなく、質の高いエントリーシートも面接対応もできたとは到底思えない。留年というハンデを抱えた自分では、大企業の代名詞的存在であるＮＴＴから門前払いされるだろうな、ぐらいに開き直っていた。公立高校受験で門前払いされたのと同じように。期待して落胆したくないので、ダメ元での単なる練習だったのだ。なのに、あっけなく内々定を獲得できてしまった。

なんというか、選考を受けた感覚がない。なぜなら僕自身のありのままの経験や、本当の「自分の気持ち」は出していないからだ。就活マニュアルを参考にしながら、自らの経験や気持ちを取捨選択し、その上で厚化粧を施していた。

たとえば頑張ったことについては、「自ら大学受験の計画を立て、その計画を毎日着実に実行し、目標達成までやり抜きました」となる。形骸化していたとはいえ学校的な規則を破り倒していたことや、自分でやることに固執して効率は悪かったのではないか。そして何よりも、そもそもの目標設定が本当に適切だったのか、という疑問には触れない。

志望動機については、「社会の一員として、社会の役に立っていることを疑いようもない仕事をして、それに意義や誇りを感じたい気持ちがあります。そのためにも、自らも日常的に利用しているインフラに関わる仕事を志望しております」となる。ＮＴＴブランドの安心感や、学食のトレーに載っていた広告を偶然目にし、選考が早かったので練習目的で応募していることには触れない。

いずれも嘘はついていない。事実のうちの美しい部分だけにスポットライトを白飛びするほど過剰に当てて、それ以外には触れていないだけだ。

だから、内定を獲得できてうれしいし安心したのは間違いない一方で、自分が選考を受けた感覚はひどく薄かった。


「練習だと思ってたのに、１社目でもう内々定をもらえちゃった。マジか。どうしよう」と少しだけ悩んだ。面倒な就活なんて早々にやめてしまうか、もう少しほかの企業も見てみるか……。

「どこの企業に新卒で就職するかは今後の人生に大きな影響を及ぼすだろうから、早々に決めてしまわないで、もっといろいろな企業を見ていこう」

僕はそう考えた。たしかにそう考えたのだけど、その後2社ほどの説明会に参加した段階で、やっぱり面倒くさくなってしまった。それに身も入らない。ＮＴＴブランドという最強の手札をすでに持っているわけだし、留年のハンデを乗り越えて内定を取らなければならない必死さも消失した。もう就活なんていう面倒くさい儀式からは身を引きたくなった。

そして「もういいや、就活終了しよう」と思い直して、僕の就活は早々に終わった。

ＮＴＴなんちゃらへ入社することに決めたと、母へは電話で連絡した。

「あ、もしもし、久しぶり。就活して、ＮＴＴグループの会社から内々定もらったよ。内定みたいなもん。で、この会社に入ることにしたよ」

僕は母へそう伝えた。母の反応は、

「あら、決まってよかったじゃない。おめでとう。たまには帰ってきなさいよ」

という程度のものだった。日本を代表する大企業グループへ入社することに喜びをもう少し表明してほしかった気もするし、そんな世間的なステータスにはたいして関心を向けなかったことがうれしかった気もする。われながらよくわからない。ＮＴＴを誇りたい気持ちがあるし、そういう世間的ステータスよりも大切なものが人生にはある気もする。

そもそも、一言に「ＮＴＴ」といってもその名を持つ企業は世に多数あり、その多数ある中の１つから内々定を得たにすぎない。「ＮＴＴなんちゃら」の「なんちゃら」部分を具体的にいったところで業界の人ぐらいしか知らないので、個別の企業名ではなくＮＴＴをアピールしたい思考が僕の中にあるのを感じる。僕は社会不適合なくせに、長いものに巻かれて安心したいという悲しき習性を持っているのだ。

常識的な選択でブランド企業へ

そういえば、僕は一時期、アニメ業界へ進むことを考えていた。大学1年か2年か、細かい時期は忘れてしまったけど、その頃だ。まだ留年が決定する前で、グダグダな大学生活を無為(むい)に送っている時期だったことまでは覚えている。

たびたび触れているように、僕はアニメが好きだった。視聴者としての全盛期は高校時代であり、その後は視聴者としての熱量は下がっていたものの、今度はアニメのつくり手に回り、かつての自分のような高校生たちへ素晴らしい作品を届けたいという熱き気持ちが生じていたのだ。

アニメをつくる仕事にはどのような種類があるのかをネットで調べたり、本を読んでみたり、実際にアニメ業界で働く姿をイメージしてみたりした。一言に「アニメをつくる」といっても、そこには多くの人がさまざまな役割で携わっていることを知った。アニメ作品そのものをつくるだけではなく、つくったものを展開してビジネスとして成立させていく仕事もあるようだ。ふむふむ、僕はどこに携わりたいだろう。どこに貢献できるだろう。

自分がアニメ業界のいろいろな役割に就いている妄想をしているだけで楽しくて、それ以上の具体的行動をしないままダラダラと過ごしているうちに、僕は留年していた。ヤバい、とにかく卒業しないと。卒業して真っ当に就職しないと……。そう気持ちを切り替えてからは、アニメ業界に入りたい気持ちは忘れ去っていた。

……のだけど、ＮＴＴなんちゃらから内々定を得て、入社を決めた段階になって、アニメ業界へ入る妄想が僕の中でよみがえってきた。

そうだ、人生にはそういう道だってあるのだ。純粋にどちらのほうがワクワクするかというと、それはやはり、アニメ業界だ。アニメをつくって届ける営(いとな)みに自分も携わる。それって最高ではないか。うん、最高だ。

ではその道を選ぶのかというと……どうしたってそうはならない。僕はもう、日本国内で最大の知名度を誇るＮＴＴの名を関する企業への入社チケットを得ているのだ。それを捨てるなんてもったいなさすぎる。

それにアニメ業界で実際に仕事をしてみたら、理想と現実の違いで苦労するのが目に見えている。自己主張の激しい変わり者たちと日々関わりながら、「やりがい搾取(さくしゅ)」をされて激務薄給を受け入れざるをえないつらい立場に陥り、「なんであのとき、ＮＴＴへ行かなかったんだろう……でも今さら遅い。こんな変な業界に入ってしまったのだから、もう真っ当な企業には入れない」と後悔する姿が見えてしまう。

もちろん本当にそうなるのかはわからないけど、決して無視はできない一定以上の確率でそうなるようには思えて仕方がない。時間を巻き戻せるなら試してみるのもアリだけど、時間は巻き戻せないのだから、僕はやはりＮＴＴを選ぶ。

ということで、アニメ業界への淡すぎて薄すぎる気持ちは再び忘れることにした。

ＮＴＴブランドへの安心感と、業務内容への曖昧な興味と、選考が早いので練習も兼ねる。そんな理由で応募した企業への入社が決まった。

自分はどう生きたいのかよくわからないまま、とりあえず常識的な選択を続けていたら、いつの間にか、僕は会社員として働くことになっていた。

第5章　1社目、大手企業で歯車として働く

懲役40年のはじまり？

２００９年4月、僕は人生で初めて会社員となった。

大学時代にアルバイトはいくつか経験していたので、仕事自体が人生初というわけではない。しかしアルバイトでは、気楽な立場で単純作業をしていた程度だった。夜遅くにどこかの倉庫までバスで運ばれていき、朝まで延々と封筒の中にシールを入れる的な単純作業をやり続けたりなどだ。だから、朝から出勤して職場で仕事をする、という経験はそれまでに一度もなかった。

ちまたでは、大学を卒業して就職することを指して「懲役40年の開始」などと表現したりもするらしい。それほどまでに会社で働くのはつらいことなのだろうか？　まあ、たしかにつらそうだ。学校よりもさらに時間の拘束（こうそく）は長くなる。1日8時間も働くことを週5日もやる。長すぎではないだろうか。学校程度の時間の拘束すら嫌で頻繁にサボってきた僕が、まともにサラリーマ

ンをやれるのだろうか。無理な気がして仕方がない。ほかに選択肢がないのでやってみるしかないのだが。

とはいえ、僕は就職することに対して、懲役という言葉を使いたくなるほど絶望的な気分に陥っているわけでもない。学校と比べるとたしかに時間の拘束は長いけど、座学を中心にインプットしてばかりの勉強よりも、何かしらの価値をつくり、それを社会へ提供して、対価としてお金を得る行為のほうが楽しそうだ。

仕事の進め方にしたって、まあ最初は右も左もわからないのでガチガチに管理されて指示されたことをその通りにやるのだろうけど、徐々に自由度も増すはずだ。だって会社員の父は、職種こそ営業で僕とはまるで違うけど、見ていた感じだとわりと好き勝手にあっちへ行ったりこっちへ行ったりして楽しそうだった。

学生時代と違ってお金もたくさん使えるようになる。学生の頃は最低限しかバイトをしていなかったので、とにかくお金がなかった。本は図書館かブックオフの１００円コーナーに依存しており、話題の新刊は読めなかった。食事は具なしパスタ、卵かけご飯、納豆ご飯ばかり。トンカツとか焼肉とかラーメンとかを本当は食べたかったのだ。ブックオフでアニメのＤＶＤボックスを眺めながら、こういうものをたくさん買って家の棚に並べられる生活を妄想して楽しんでいたりもした。会社で働いてたくさんお金を稼げれば、その妄想を現実のものにできる。新刊を読み、焼肉を食べることもできる。楽しみだ。

そんなワクワク感が４割、自分には会社員はきっと合わなくてつらい絶望感が６割、ぐらいの心境だ。結局は絶望感のほうが比率は大きく、懲役と呼びたくなる心境もわかる。しかし楽しみだってあるので、総じていえば僕は懲役とは思っていないぞ、といったところだ。

そんな落ち着かない心境を抱えながら入社日を迎え、僕はついに会社員となった。日本の主要都市にそれぞれオフィスがある中で、僕の勤務地は東京に決まった。東京といっても23区内ではなく、23区の西側、いわゆる多摩地域だ。

勤務地について不満はなかったし、むしろちょうどいいとも思えた。23区内への通勤は人が多すぎて大変に決まっている。しかし地方に行きたいかというとそんなこともない。生まれてから高校卒業までは神奈川県で、大学からは東京で生活してきた僕にとって、それ以外の土地は未知だった。ただでさえ右も左もわからない会社員生活が始まるというのに、住む場所まで未知になるのは避けたい。そんな僕にとって、東京の多摩地域はちょうどよかった。

学校ノリのクソ研修

多摩地域にある職場への配属前に、1ヵ月ほど全同期が新宿の本社に集められて、名刺交換などのビジネスマナー研修を受けさせられた。それがなかなかに苦痛だった。

同期は約80人もいて、まるで学校のような雰囲気だった。その中で、形式的な名刺交換の作法やちゃんとしたネクタイの結び方などを教えられた。「もっとしっかり髭(ひげ)を剃(そ)ってくるように」と講師から注意されたりもした。そんな研修を受けるために、新宿行きの満員電車に朝から乗っていく。苦行でしかない。

中学では高い内申点を獲得し、ちゃんとした公立高校へ進学して卒業し、大学でもちゃんとしたキャンパスライフを送ってきたに違いない屈託（くったく）のなさそうな同年代の男女が素直に仲良く研修を受けている。その集団の一人に自分も属していて、その状況の居心地が悪くて仕方なかった。中学や大学で感じた居心地の悪さと同類だった。笑顔でワイワイと研修を受ける人々に囲まれる中、僕は、こんな研修の何がそんなに楽しいのか理解できなかったし、こんな退屈な研修のために朝から超満員電車に乗って移動させられる束縛へのイラ立ちも強かった。

すっごくサボりたかった。超満員電車に乗って移動して、こんなクソな研修を学校のノリで受けるぐらいなら早く配属されたいとすら思った。高校時代のように「今日はなんだか気が乗らないので休みます」と言いたかった。でも、そんな態度が通用する場所ではない。だから「すみません、風邪を引きました」と仮病を使って何度か休みながら、どうにか約1ヵ月続いた研修を乗り切った。1ヵ月でよかった。もし何ヵ月も研修が続いていたら、休みすぎて試用期間で解雇されていたかもしれない。

新鮮な大人の世界

そんな研修に耐えて、ようやく僕は多摩地域の職場へ配属された。２００9年5月、ＧＷ明けのことだった。

配属されてからは実務に関連する研修をＯＪＴで受けながら、少しずつ実際の仕事に触れていった。さすがはNTTなんちゃらといったところか、いろいろとていねいで、仕組みも整っているように感じた。何もかもが新鮮だし、学校や研修のときのような僕の苦手なノリもない、落ち着いた大人の世界がそこには広がっているように思えた。

配属されてからは、学校よりもむしろ楽だったぐらいだ。学校とは違う大人の世界に属して、世の中を支えているインフラサービスに関わる仕事をして、それで毎月20万円と少しのお金を稼げる。そんな生活には充足感もあった。

毎日、決まった時間に決まった場所へ行く苦痛もあまり感じていなかった。大人の世界が新鮮だったし、仕事にも楽しく前向きに取り組めていたからだと思う。

もちろんわからないことだらけだし、一番下っ端だから大変なことも多かった。でも生活の糧を得るためにこうして仕事していく人生もアリだな、みたいなことを意外にも思っていた。最初の1年間ぐらいまでは。

仕事が生活の中心になった

2年目になる頃には、社内での立ち位置も「新人」から「一人の担当者」に変わり、忙しさが増していった。

いわゆるSE（システムエンジニア）としてシステム開発に携わっていたので、開発が佳境に入ってくると終電までの残業が続いたりした。それでも開発が遅れてきた場合は、限られた検証装置を効率的に使うために日勤と夜勤の二交代制まで導入されて、夜勤も何度か経験した。夜9

時に出社して、夜を徹して黙々とパソコンと向き合い検証作業をして、朝9時に退勤、みたいなことをたびたびしていた。おかげで生活リズムは滅茶苦茶だ。仕事をしている以外の時間にも多大な影響が生じてきて、いつの間にか、もはや仕事が生活の中心となり、仕事をするための生活となっていた。

そこまで生活を捧げて苦労した結果、無事に予定通りのシステムリリースを完了したところで、生活を捧げたことに見合うと思えるほどの対価は得られなかった。とても規模の大きな仕事のごくごく一部を担当しているだけなので、社会に対して何かしらの価値を自分が提供した達成感は期待していたよりずいぶんと少なかったし、たいして昇給するわけでもなかった。僕が新卒入社した2009年当時、年功序列は過去のものになりつつあり、かといって成果で昇給する道もごく形式的なものに留まっており、つまりほとんど昇給なんてしなかった。

1つのプロジェクトが完了したら、休息期間もなく「次はこっちのチームの配属ね。よろしく」みたいな感じで、会社の都合でなすすべもなくシームレスに別のプロジェクトに加わることの連続だった。

せっかく苦労して仕事をしたからには、何かしらの対価が欲しいというのが率直な気持ちだった。それはお金のことだけを言っているのではなく、社会に対して何か意味のある価値を自分が提供したのだという実感や達成感、あるいはそのプロジェクトだけに限定されない知識やスキルの習得なども含めてだ。

もちろん、対価はゼロではない。微増ながら昇給はするし、自分が担当した範囲はごくごくごくごく一部ではあるけど価値ある何かをつくったと思えないことはないし、知識やスキルも何かしら習得はできる。でも、それが生活を捧げるに値するほどのものとは思えない、という気持ちだった。

これは業務内容によって千差万別だろうけど、僕が当時勤めていた会社はプロジェクトの幅が広くて、プロジェクト固有の専門知識が多かった。だからそれらはプロジェクトが変わるとイチから学び直しになる。せっかく興味を持てて前向きに取り組み知識もつき、その中で任せられた仕事をしっかりやり遂げても、会社の都合で次のプロジェクトへ移ると、また多くの知識を学び直す必要があった。

そんな働き方をくり返していくうちに、学生時代のときに悪さをしていた僕の「自分の気持ち」が会社でも表面化するようになってしまった。決められた時間に決められた場所に行き、いろいろと不満のある行為を強制させられることに対する苦痛が再燃してしまった。

会社員である以上、束縛は仕方がない。そこは割り切っていたつもりだけど、割り切れなくなってきた。会社都合で何もかもを一方的に決められるのだなと身をもって理解して、その状態に対するつらさを強烈に感じるようになっていった。

突発的な有休をたびたび使うようにもなった。朝起きて、

「今日はもう本当に休みたい。本当に休まないと無理」とか、

「せめて午後から出社したい。そうしないと本当に無理」とか、

「もうどうしても帰りたい。これ以上ここにいるのが無理」とか、そういう形で有休や半休をたびたび使い、ついには有休を使い果たし、それでも無理な気持ちは収まらず、欠勤すらするようになってしまった。

「さすがに欠勤はありえないよ。ダメだよ」と直属の上司から叱(しか)られるというか諭(さと)されたりもしたのだけど、そう言われても無理なものは無理であり、僕の欠勤行動は直らなかった。

ストレスで散財する日々

とはいえ、生活のためにはお金を稼ぐ必要がある。だから、会社で働くことが嫌になる↓切り替えて前向きに取り組む↓やっぱり嫌になる、みたいな波を何度かくり返しつつ、騙し騙しどうにか続けていった。

勤務時間中はそうやって騙し騙しやり過ごし、勤務時間外はひたすら散財していった。たくさん残業しながら頑張って働いているおかげで、僕は学生の頃に憧れていた「お金のある生活」を実現できていたのだ。就職と同時に東京で一人暮らしを始めていたため、家賃負担はかなり大きかったけど、それでもお金には余裕があった。たった1時間働くだけで2000円以上も稼げる。深夜だと3000円ぐらいだろうか。いや、もっとかもしれない。正確にはもはや計算していないけど、学生の頃のバイトの倍以上であることは確実だ。それを週5日間も朝から晩までやっていて、しかもボーナスまで支給される。もうお金には困らない。

ほとんど毎日外食し、トンカツも焼肉もラーメンも好き放題に食べた。図書館もブックオフも使わず、読みたい新刊を何の躊躇（ちゅうちょ）もなく次々と買っていった。もちろん本を読む時間なんてないのだけど、購入行動自体に意味がある。ストレス発散になるからだ。アニメのＤＶＤボックスだって平然と買うことができた。仕事からの帰宅途中、満員電車の中でスマホを使い、躊躇なくポチポチと購入していった。

まさに、学生の頃に憧れた「お金に余裕のある生活」だ。僕は憧れだった生活を実現したのだ。そして疲れてグッタリしながら帰宅して、寝て、また仕事へ行く。

家の中には46インチプラズマテレビ、１００インチプロジェクター、トールボーイスピーカー、2人掛けソファー、天井まで届く本棚にびっしりと収納された本やＤＶＤの数々があり、大変素晴らしい住環境を僕は実現した。なんと車まで持っている。新車で買ったのだ。

しかし、問題がある。それらで楽しむ時間的余裕も精神的余裕もなくなってしまったことだ。

会社の仕事に人生を支配される

この頃にはすっかり、会社勤めは学校よりはるかに嫌なものに成り下がっていた。「学校よりいいじゃん」なんて感じていた時期があるのが信じられないぐらい、嫌で嫌でたまらなくなっていた。学校よりも拘束時間が圧倒的に長いし、その時間中にやることの難易度も、ストレスとプレッシャーも、段違いだった。

機械的に配属されたプロジェクトで、朝から晩まで歯車となる。それをするために朝起きて出社する。そのプロジェクトに慣れたところで、またほかのところへ配属となり覚え直し。退社後は食事、風呂などの生活に必要な作業を済ませた後は、ろくに時間も気力も体力も残っていない。寝て起きたらまた歯車になるために出社する。

それら現実がとにかく嫌すぎた。人生が自分のものではなく会社で働くためのものになっている感覚があったし、実際にその通りの状況だった。

そうまでしてお金を稼ぎ、欲しいものを次々と買ってみたところで、それらで楽しむ余裕もない。むしろ逆に、心身ともに疲労困憊状態で帰宅して部屋のそこら中にある買った物たちを見ていると、虚しさすら感じてくる。それらは結局のところ、冷たい無機質な物でしかなく、疲労している僕を癒してくれる温かさがあるわけではない。

むしろ部屋からなくなってほしいとすら思えてくる。大きなテレビもスピーカーもプロジェクターもソファーもない、スッキリとした部屋で頭を空っぽにして、何も気にせず大の字になって寝転びたい……。ならなぜ、こんなに物を買っているのだ。意味がわからない。僕はいったい、何がしたいのだろう。

毎日ウンザリした思いで出社して、指折り数えて週末を待ちわびる。そして待ちに待った週末は金曜夜から酒を飲み、土日も朝から酒を飲んでいた。シラフだと、会社の仕事に人生を支配されている現状に対する虚無感で苦しくなってくるので、酒の力を使って頭をボンヤリさせて、酔いながらアニメやゲームで遊んでいた。でもそれら娯楽に没頭してしまうと体感時間が速まるので、没頭はしないように注意して、体感時間を引き延ばして月曜が来るのを遅らせるという虚しすぎる努力もしていた。

「なら、死んじゃうか……」

そして入社して4年と10ヵ月も過ぎたある晩、部屋の電気を消してベッドに横になり、暗闇の天井を眺めているとき、ふと、「今の生活を続けるぐらいなら、死んだほうがマシだよな」と悟った。残業して帰宅して、明日もまた朝から仕事の日だった。

担当するプロジェクトが大きく変わった時期でもあり、新人時代と匹敵するほどわからないことだらけな状況に僕は陥っていた。仕事内容も、周囲の人も一新されていた。そこでまたイチからやっていくことに対してもう本当にウンザリしたし、つくづく、サラリーマンというものは会社の都合で歯車として扱われるのだなと悟った。酒の力で逃避できないほどに悟った。

朝から晩まで会社の都合でこき使われて、帰宅したら家事をして、寝て起きたらまた会社。こんな生活は自分の人生を生きているのではなく、会社に労働力を提供するために給料で生命維持しているだけとしか思えなくなった。そんなの、生きている意味がない。ただ疲れるだけだ。虚しすぎる。死んだほうがマシだ。

――なら、死んじゃうか……？　ここで、自殺しちゃうか……？

――いやいやいや、それはありえないでしょう……！　どう考えても、ありえないでしょう。

さすがにそれは、ありえない。論外中の論外だ、そんなものは。

僕が死んだ後のことを想像してみると、真っ先に母が思い浮かぶ。母はきっと悲嘆（ひたん）に暮れる。その後の人生は、僕が死んだこと、しかも自死を選んだことへの悲しみに支配されていくだろう。それはもはや、僕が母を殺したに等しい。母の人生を僕が破壊したことになる。そんなのは何を差し置いてもありえない。

それに、僕自身、まだまだ死にたくはない。すっかり会社に人生を支配されてつらい生活になってしまっているけど、やりたいことが本来はいろいろとあるはずだ。ゆっくり読書したり、公園を散歩したり、友達とダラダラしたり。そういうことをしたい。

なのになぜ、たかが会社なんぞのせいで死なないといけないのだ。本当にもう、絶対に、議論の余地なくありえない。

それほどまでにありえない「死」のほうがマシであると思うのなら、もう会社なんて速攻で辞めればいいのだ。辞めた後の生活が心配であるとか、そういう話以前の段階だ。死んでしまったら、そもそも辞めた後の生活が存在すらしなくなるのだから。いいからまずは会社を辞める。後のことは、後のことをちゃんと存在させた上で考える。それで決定だ。

会社を辞めた

死んだほうがマシだと悟った晩のすぐ翌日に、僕は上司に会社を辞めると伝えた。

それまでも数え切れないほど「会社を辞めたい」とは思っていたものの、それまでは「とはいえ、生活のためにはお金を稼ぐ必要があって、お金を稼ぐためには安定した大企業のこの会社にいたほうがいいよな。転職したら給料は下がるだろうし、もっと大変になるかもしれないし……」なんてことをウダウダと考えて、惰性で働き続けてきた。

でも、今の生活を続けるなら死んだほうがマシであると悟ってからは、「え、死んだほうがマシなら、議論の余地なく会社なんてさっさと辞めればいいじゃん」と僕の中であっさり結論が出た。だからもう躊躇なく、翌日に会社を辞めると上司に伝えられた。

辞意を伝えたときは、それまでとは大幅に異なる別のプロジェクトへ配属されたばかりでまだ戦力になっていない段階だったので、引き継ぎも何もなく、送別会みたいなことをやってもらえるような人間関係もリセットされていた。だから辞意を伝えてからは特にイベントもないまま淡々と過ごし、1ヵ月後に淡々と会社を去った。

こうしてあっけなく、僕は会社を辞めた。何年間も生活を支配されてきたわりに、去ると決めたらあっさり去れた。

第6章　はじめての無職生活

レールから落ちた

僕はこれまで、何だかんだといいながら、高校へ進学して卒業し、国立大学へ進学して卒業し、大手企業へ就職して正社員として働いてきた。中学2年生の夏に目覚めた「自分の気持ち」との葛藤をあちこちで繰り広げながらも、結論としては、世間一般になんとなく存在するレールみたいなものにしっかりと乗り、そのレール上においてそれなりに良いと評価される学歴や職歴をちゃっかり獲得しながら生きてきた。長いものに巻かれてきた。

だから、アラサーと呼ばれる年齢（28歳）にまで至った今さら方針変更なんてせず、そのままの路線で生きていけばいい。

というのが合理的思考による判断なのだけど、「自分の気持ち」にいよいよ抗（あらが）えなくなり、とうとう無計画に会社を辞めてしまった。ついに僕は、レールから落ちてしまった。

公立高校から門前払いを食らったことも、大学を留年したことも、せいぜいレールから車輪が片方外れた程度だった。高校は私立へ行けばいいし、大学はもう1年頑張ればいいだけだ。当事者だった頃は人生の終わりぐらいに思えたけど、振り返るといずれもレール上での些細な出来事にすぎなかった。

しかし今回は違う。せっかく就職した大手企業を無計画に辞めて、無職になってしまったのだ。これはもはや脱輪ではない。脱落だ。

でも仕方がない。これは命を守るための脱落なのだから。

約5年ぶりの会社からの解放

命を守るために人生で初めて社会のレールから脱落した僕は、しばらくは無職の身で気ままにぶらぶらしながら自由を満喫することにした。約5年ぶりに仕事のストレスから解放されたのだから。とんでもない解放感だ。刑務所から出所したのと近いくらいかもしれない。刑務所に入ったことはないのでわからないけど。

とはいえ、貯金は心許(こころもと)ない。独身でそれなりの給料を得ながら約5年間も働いてきたはずなのに、貯金は100万円弱しかなかった。時間がないので外食ばかりしていたし、タクシーも頻繁に使っていたし、駅近で築浅な賃貸に住んでいたし、酒もたくさん飲んでいたし、タバコも吸っていたし、新車もローンを組まずに購入していた。そのほかにも労働のストレスによって多くの消費をしていたからだ。そういえばバイクも持っていたし、大きなテレビやプロジェクターも持っていた。

だから、あまりのんびりもしていられない。貯金が尽きてしまう。節約をしたとしても、せいぜい半年が限界だろう。久しぶりの自由を満喫しつつ、半年以内に次の仕事のことも考えて、そして次の仕事を始める必要がある。

そんな感じでタイムリミットはあった。それでも、大きすぎる解放感がとにかく心地よかった。久しぶりに、僕は自分として生きられる。そんな気がした。

ちなみに、僕はフルタイムの正社員として働いていたので、雇用保険には加入していた。だから、いわゆる失業手当（基本手当）を受給することはできる。ただ期待を込めて制度を調べてみたところ、僕の場合は受給開始までに約３ヵ月間も待つ必要があり、受給期間も約３ヵ月間だけのようだった。ありがたい制度であることは間違いないけど、それを最初からあてにして無職期間中の暮らし方を考えるほどのインパクトを僕は感じなかった。同じ約３ヵ月なのに、受給開始までの期間は長すぎると感じる一方で、受給期間は短すぎると感じる。不思議だ。

とりあえず失業手当は考慮せず、失業直後から思うように時間を使っていき、その上で、もしもの場合のセーフティネットとして失業手当もある。その程度に考えた。

再び母への連絡

ＮＴＴブランドからドロップアウトして無職となった僕なわけだけど、その意思決定をするにあたり、家族にはいっさいの相談をしなかった。次のあてが何もないまま、家族には一言もいわず辞表を出して退職して、無職となっていた。

会社員になってからは、忙しさを理由にお盆と年末年始、それ以外はごく稀に帰省するだけの状態を続けており、家族とは年に数回しか会っていなかった。その年数回の帰省においては、仕事がけっこう退屈というか、つらめであることはつい漏らしてしまっていたのだけど、その程度だ。

心配をかけるのが嫌なのでそういうことは言いたくない一方で、愚痴を言いたい気持ちが勝ってしまったりもする。頭の中には仕事への愚痴ばかりが溢れており、何もしゃべらず黙るか、愚痴を吐き出すか、その二択しか選べず、思わず後者を選択する日もあったりした。

「なんかなあ……会社ってムカつくことばっかり起きるんだよ。あとムカつくやつも大量にいる」

「マジで忙しい。平日はずっと仕事。土日は休みだけど2日間の休日なんてすぐ過ぎて、また仕事。なんだかなあ」

みたいな愚痴を、家族へ向けて、というより母へ向けて僕は何度かこぼしていた。それに対して母は、頑張れとも言わなければ、辞めちゃえばとも言わなかった。耳を傾けながら、「そうなのねえ。大変なのねえ……」と共感を示すのみだった。

母は、僕に対して具体的な行動を推奨してきたり、逆に僕の意思に反対を示すこともほとんどない。中学生のときに母と分離された「自分の気持ち」に僕が目覚めて以降、母が僕に対して具体的行動を推奨してきたのは私立高校への進学ぐらいだと思う。「そろそろお風呂入っちゃいなさいよ」とか「疲れてるんなら、今日は早く寝れば？」とか、そういう日常レベルの話は一緒に住んでいる頃なんかはほとんど毎日あったけど、人生の岐路（きろ）になるかもしれない僕の判断について、何か具体的行動を推奨された記憶は私立高校の件以外にない。大学への進学の有無、どこの大学へ行くのか、就職するのかしないのか、どんな会社に就職するのか。これらはすべて僕の独断（のつもりだけど、実際はただレールに沿いながら長いものに巻かれてきただけ）で決めてきて、母は何も意見しなかった。

願望でもなんでもなく、僕のことを「自分で考えてどうにかするでしょう」と信用しているのだと思う。そう直感できる。そして僕はその信用に対して「自分で考えているつもりだけど実際はただ無思考にレールに沿っているだけで、これまで何度か脱輪し、ついに脱落した」という形で応えたことになる。

僕は母へ電話した。

「あ、もしもし、俺だけど。久しぶり」

「あら、久しぶり、元気にしてるの？」

「うん、まあ元気だよ」

僕はさっさと、伝えておきたいことを伝えた。

「あのね、会社辞めたよ」

努めてさらっと伝えた。

「え、そうなの⁉　いつ？」

「先週ぐらい」

「あらー、そうなの……。まあ、仕事が嫌いみたいなこと言ってたもんねえ。そうなる気はしてたかも」

「いろいろと合わなくて疲れたから辞めたけど、まあ、大丈夫だよ。別に世の中に会社なんてほかにも大量にあるからね」

「次はどうするの？　生活は大丈夫なの？」

「まあ、転職はするよ、さすがに。まあ、大丈夫でしょ別に」

「お金は大丈夫なの？」

「そりゃ大丈夫だよ、だって5年ぐらいも働いてたんだよ。けっこう貯金あるから（本当は100万円以下）。別にそれで生活すればいいんだから。でその間に転職でもするよ。大丈夫」

「1回、こっち帰ってくれば？」

「うん、まあ、そのうちね。貯金あるんだし、じっくり考えながらやってくから。まあ、そういうことだから。じゃあね」

アラサー無職のこれから

さて。母への報告義務も果たしたことだし、これからのことをじっくりと考えねばならない。

ひとまず、これまでの人生を振り返ってみる。僕はここまで、母すら含めた他人の意見を求めず自分なりに高校生をやり、進学して大学生をやり、就職して会社員をやってきたつもりではあるけど、改めて振り返ると、別に「自分の気持ち」に従ってきたのではなく、無思考に、あるいは堅実な合理的思考により、「こうするのが普通ですよね」的なレール、つまり常識みたいなものに従ってきてしまった。

そうやって常識に従いながら幸せに生きられているのなら何の問題もないのだけど、僕の場合はそうなっていない。うまく乗れないレールの上に無理やり乗り、ときおり脱輪しながらどうにかここまで走行してきたものの、とうとう脱落し、今後どうすればいいのかまったくわかっていない。

僕は28歳にして無職になった。世間ではアラサーと呼ばれる年齢で、結婚して子供がいても何らおかしくない年齢だ。実際に結婚して子供もいる同世代が会社内では珍しくもなんともなかった。むしろ欠勤癖のある独身アラサー男性のほうが珍しかった。

僕には結婚願望もなければ子供を欲しいとも思っていないので、そういう同世代たちをうらやましいとは思わない。別に見栄ではなくて本当にそうだ。家でぐらい、１人の時間を静かに落ち着いて過ごしていたい。家でまで他人に配慮して気を使ったり子供の世話をするなんて、想像するだけで面倒くさくてたまらない。

ただ、そうやって結婚して子供までいる同世代たちにはきっと、会社で働いてまで守りたい大切なものがあるのだろう。だから、僕が抱いてきた「生活が会社の仕事に奪われる虚無感」みたいなものに苛まれて生活が破綻（はたん）し、死にたくなり、会社を辞めることになったりしない。そこについては、正直に言ってうらやましい。

僕と違って会社で働いてでも守りたいものがある。しかもおそらく、僕と違ってそれなりに会社組織へ適応できている。なんて不平等なのだろうか……いや、不平等というよりも、僕には場違いなのだと考えるほうが適切だろう。騙し騙し、どうにか常識的な選択をしているうちに、場違いな場所まで運ばれてきてしまった。

しかし思い返すと、僕は大学生の頃にはすでにその自覚があったはずだ。なんとなく常識に従い進学して良い学歴を得ようとした結果、大学という組織にも、そこで学ぶ学問にも、そこに集う人々にも、何にも適応できない状態になったではないか。なのに、そこからさらに常識に従いレールの上を進んでＮＴＴブランドに心惹かれて就職し、その結果、会社という組織にも、仕事内容にも、そこに集う人々にも、何にも適応できない状態になり、会社を辞めて、アラサー無職。なんだよこれ。同じことをくり返しているではないか。僕はバカなのか。バカなのだろう。

どうやら僕は同じことをくり返しているうちに、どんどん人生がしんどくなっているらしい。そのどうしようもない現状は自覚できてきた。その自覚を土台に今後の身の振り方を考えよう。でもまずは、いったん、休みたい……。

のんびり休息する日々

約5年ぶりに会社の仕事から解放された僕は、次のような生活を送り始めた。

・毎日2時間ぐらい外を散歩する
・本を読む
・ラジオを聴く
・アニメなどの映像作品を観る
・高校からの友達と遊ぶ
・次の仕事について考える

開き直ってまずはのんびり休息することを第一としつつ、心許ない貯金によるタイムリミットは意識して、日々少しずつ次の仕事についても考えを進める。そのような生活だ。

会社員の頃は、平日は電車かタクシー、休日は車で移動ばかりしていたのだけど、無職になってからはそこら中を歩いて移動した。家から片道1時間ぐらいの場所にあるカフェや公園を目指して散歩して、目的地でのんびりとラジオを聴いたり本を読んだりして、気が済んだらまた歩いて帰ってくる、みたいなことを毎日のようにしていた。

時間を気にせず、景色を眺めながら徒歩でのんびり移動する時間がとにかく心地よかった。そういえば、僕は昔からそういう時間が好きだったのだ。お金はないけど時間はあった高校の頃も大学の頃も、無目的に街をぶらぶらとよく散歩していたものだ。近所だけどまだ歩いたことのない道を探検しては、「へえ、近所にこんな景色があったのかあ」などと楽しんでいた。会社の仕事で忙殺(ぼうさつ)され、時間はないけどお金はある状態になる中で、いつの間にかのんびり歩く楽しさを忘れていたことに気づいた。

ぶらぶらと外を歩き、カフェや公園でのんびりとラジオや読書を楽しみ、またぶらぶらと歩きながら帰宅する。家ではアニメなどの映像作品を楽しむ。月に何度かは高校からの友達と家で遊んだり、単価２０００円ぐらいの安い居酒屋で飲みながら何の生産性もない雑談をして楽しむ。

そんな日々を僕は過ごした。別にこのような生活をしようと具体的に意図していたわけではない。もう身も心も疲れていたので、最低限のやるべきことはやりつつ、気分に任せてのんびり好きに過ごそうと開き直った結果、自然とこういう生活になったのだ。


この生活は刺激がなくて退屈だったかというと、そんなことはなかった。むしろ謎の納得感すら覚えた。人間らしい生活。自分らしい生活……。あれ、もしかして人生って、こういうのでいいのではないか？　とすら思えた。

その感想の前提には、「お金があまりない」という世知辛い現実があるのは否定できない。とはいえ、仮にお金をたくさん持ち貯金残高を気にする必要がなかったとして、せいぜい、友達と行く居酒屋のランクが上がるぐらいの変化だと思える。それ以外にお金を使ってやりたいことがあまりない。お金を使って派手に遊ぶより、散歩と読書とアニメ鑑賞や、高校からの友達たちと生産性皆無な雑談をしていることに心が惹かれる。

まあ、お金を使って派手に遊ぶ経験なんて、大衆向け新車を購入して乗り回してみたり、１００インチプロジェクターを買って部屋をホームシアターみたいにしてみたり、本やＤＶＤを新品でたくさん買う程度しか経験はないのだけど。もし5億円ぐらい自由に使えるのであれば、お金を使った遊びのランクが上がり、「散歩や読書やアニメ鑑賞なんて地味なことしてるんじゃなくて、もっと派手に遊ぼう！」となるのかもしれないけど、その世界を僕は知らず、知らないものに心を惹かれることもない。自分の知っている範疇においては、お金を使った遊びより、結局は散歩したり読書したりアニメを観たり友達とバカ話をしているほうが楽しいことに、僕は無職になることで気づいてしまった。

会社員のとき、次々と新刊を新品で買っていたけど、古い本より新しい本のほうが面白いわけでもない。むしろ昔に出版されて今でも語り継がれている本のほうが面白い確率は高くて、そういうものは図書館やブックオフで手に入る。ならそれでいいじゃないか。

アニメなどの映像作品はきれいな大画面で観たいけど、せいぜい10万円も払えばきれいな大画面テレビは手に入る。100インチプロジェクターは買った当時40万円ぐらいして高価だったけど、大きすぎて観づらいし映像のきれいさはテレビより劣ってもいるのであまり使っていない。映像ソフトも、数万円も払ってDVDボックスを買わなくても、ツタヤでレンタルすればいい。最近はネットでの配信も増えてきて便利になってきている。

生きていくために働いて稼がないと

そうしてぶらぶらと遊びつつ、一方で、再就職についても頭の片隅で考えを進めてはいた。

つい先ほど、「お金を使った遊びより、結局は散歩したり読書したりアニメを観たり友達とバカ話をしているほうが楽しいことに、僕は無職になることで気づいてしまった」と書いたのだけど、それでもやっぱり、働いてお金を稼ぐ必要はある。この社会ではただ生きていくだけでもお金がかかるのだから。遊ぶときだけお金がかかるのではない。生きているだけでお金がかかるのだ。その分は働いて稼がないことには生きていけなくなる。

そのためにも、再就職するしかない。

学生生活や1社目の経験を踏まえて、僕は時間や場所ややるべきこと、やり方を束縛されるのが人並みよりもだいぶつらく感じる人間であることまでは自己理解できていた。ということは、つまり、束縛のゆるい会社へ再就職すればいい。簡単な理屈だ。

前の会社は良くも悪くもカッチリとした昔ながらの大企業で、多くの仕事を組織のルールに沿ってシステマティックに進めていく場所だった。決められた勤務時間の間、決められた場所で、決められた仕事を決められた手法に沿って進めていく必要があった。そして区切りがついたら別の案件へ頻繁に移される。

仕事の規模も大きかった。規模が大きいというと立派でやりがいがあるように聞こえるかもしれないけど、実際はむしろ逆で、全容を把握できないまま、全体のうちのごく一部についてだけ言われたことを確実にこなしていくような仕事だった。

「自分のこの仕事は最終的な成果物をつくる上で本当に必要なのだろうか」という疑問を持ちながら朝から晩まで仕事をするのはなかなか苦痛だった。だから次の仕事では、自分の仕事がどのような価値を持っているのか理解して、その価値に納得した上で、自分なりにいろいろと考えながら動けるようにしたい。

東京を脱出しよう

毎日のんびりしつつ、一方でそんな考えも整理しながら求人を探していく中で、「これ、いいかも」と思える求人を見つけた。それは次のような内容だ。

・ベンチャー企業
・企業内で立ち上げたばかりの新規事業（通販事業）で、イチから業務の仕組みをつくっていく仕事
・裁量労働制（労働時間や業務の遂行方法などを労働者の裁量に任せ、企業側が具体的に指示や管理をおこなわない制度）
・勤務地が名古屋

この内容に僕は魅力を感じた。なぜかというと、第一に、仕事内容や仕事の進め方が求めている方向性と合っていそうに思えたからだ。ベンチャー企業で、しかもその企業内で立ち上げられたばかりの新規事業。そこへ配属されて、端的に表現するなら「何でもやりましょう」みたいな求人であると求人票からは読み取れた。アレコレと細かく指図を受けるのではなく、自分なりに

いろいろ考えながらやれるのかもしれない。

また、裁量労働制でもある。仕事状況にかかわらず、毎日必ず朝9時には始業しなければならない束縛からも解放される。

勤務地が名古屋というのも気に入ったポイントだった。1社目の勤務地は23区内ではなく多摩地域ではあったけど、それでも人が多すぎるし家賃も高すぎると感じていて、その環境から離れたかった。ようやく稼いだお金の多くを家賃へ支出する生活に対して、本末転倒というか、手段と目的が逆転している感じというか、そんな感情を抱くようになっていた。毎月給料が振り込まれても、その給料から毎月ガッツリと家賃を支払っていると、まるで働くために生活しているかのような感覚になってくるのだ。

だから、のんびりとした無職生活を送りながら今後の身の振り方を考えているときに、「どうせ転職するのなら、これを機に東京を脱出したい」と考えるようになっていた。

とはいえ東京を脱出するといっても、田舎へ移住したいのかというと、そういうわけではない。東京と比べたら人が少なくて家賃も安いけど、都市機能は整備されていて仕事も多い場所に移住したいという考えで、名古屋はその考えに合っていた。

さらに、名古屋から近い岐阜には高校からずっと仲が良い友達が仕事の都合で住んでいて、その友達と名古屋周辺で頻繁に遊ぶ生活をイメージしたら、とても楽しそうに思えた。それも名古屋が魅力的に見えた理由のひとつだ。

名古屋へ移住すると地元のほかの友達とは会いにくくなるけど、別に名古屋に永住しようというわけでもない。数年間だけ名古屋で働いたらまた地元に戻るか、あるいはほかの地方へ再移住してもいい。そのぐらいゆるく考えていた。というか、あまりその先のことまでは考えていなかった。考える余裕もなかった。とにかくまずは方針に合っていそうな仕事に就き、社会復帰しなければならない。

以上のような理由のもと、僕はその求人に申し込んだ。すると書類選考を通り、名古屋で面接をすることになった。ドライブを兼ねて車で東京から名古屋へ移動して、１時間程度の面接を受け、その後は名古屋名物を食べたり名古屋を観光してから東京へ戻る。それを２度くり返した後、僕は内定を獲得した。

名古屋のベンチャー企業へ

面接で会った人たちは実際に一緒に仕事をすることになる人たちで、前職とは明確に人種が違うように僕には見えた。あくまで会社組織に適応できなかった僕目線の感覚ではあるけど、前職では、大きなシステムに身も心も委（ゆだ）ねている人たちばかりだと感じていた。安定性や給料や制度面を見ればいわゆるホワイト企業なのかもしれないけど、そのトレードオフとして個性は抑える必要がある。そうしないと大きなシステムの一部にはなれない。

一方で、このとき面接した名古屋の会社の人たちは、会社員として仕事をしながらも、個性を消すわけでもなく、あくまで自然体のまま働いているように僕には見えた。

採用された場合に一緒に仕事をすることになる人たち数名が、全員ラフな私服で、無理やり仕事スイッチをオンにして自らを抑圧している雰囲気を感じさせない自然体で面接をしてくれた。面接というよりも雑談に近いぐらいの雰囲気ですらあった。形式的で堅苦しい採用面接ではなく、一緒に働く人間として合っているのかを、自然体のままお互いに確認していくような面接だった。新卒の就活の際にやったような、気持ちの取捨選択と厚化粧を施すようなことを僕はいっさいしなかった。自分が経験してきたこと、その中で考えてきたこと、それらを経て御社の面接を受けていること。これをそのまま面接では伝えた。面接というより雑談のような気軽さでもって。そういう面接が僕にはとても新鮮だったし、自然体のまま働いているように見える人たちの姿が輝いても見えたので、「自分もこういう会社なら働けるに違いない！」となんだか思えてきてしまった。

きっと忙しいのだろう。ベンチャー企業で、しかもその中で新規事業をつくる。忙しいに決まっている。前職より拘束時間が長くなるのはほぼ確実だ。それでも、時間以外の拘束はゆるくなる環境で、日常の中で頻繁に使う通販という便利なサービスをつくり上げていく。面白そうだ。たしかに僕は、のんびりと散歩したり読書したり友達とバカ話をしたりしていたい。それは無職になってぶらぶらしている生活の中でなんとなくわかってきた。だから忙しいベンチャー企業なんかに就職することは、その自分の気持ちと逆行するようにも思える。

ただ、それはそれとして、名古屋へ引っ越し、前職とはまるで異なる環境に身を置き、輝いて見える人たちと一緒に興味の惹かれる仕事に取り組んでみる。それはそれで面白そうだ。

そもそも、どうしたって転職して仕事をしてお金を稼ぐ必要はある。となると、どれだけ残業が少ない会社であっても、週5日、週40時間は働くことに変わりはない。フルタイムの正社員ではなくパートタイムの派遣やアルバイトという選択肢もあるにはあるけど、そうすると収入が激減するし、正社員という立場を捨てることにはやはり抵抗がある。いやまあ、すでに無計画に退職することで正社員の立場を捨てて無職になっているのだけど。ただ、ここで派遣やバイトになると、その次はもう正社員には戻れない不安もある。戻れるうちに正社員に戻っておきたい。

どうせ週5日、週40時間は最低でも働くのなら、仕組みが整っていて残業は少ない、しかし仕事内容や仕事方法に束縛が多い環境で歯車のように働いて再び前職と同じ苦しみを味わうよりも、仕組みがなくてある程度を自分のやりたいようにやれる環境で残業してでも仕事をするほうがマシに思える。たぶん、僕はそういうタイプの人間だ。

そんなことを考えた上で、僕はこの名古屋の会社への入社を決め、名古屋へ引っ越すことにした。無職生活を始めてから約3ヵ月が経過した頃の話だ。まだあと3ヵ月は無職をしていられる程度の貯金はあったし、失業手当の受給も開始できる時期になったのだけど、せっかく掴（つか）んだ機会だったので、前向きな気持ちで、すぐに名古屋での新生活へと出発することに決めた。

今回も母には事後報告をした。「あ、もしもし俺だけど。名古屋の会社に就職することに決めたから、名古屋へ引っ越すよ。そういうことでよろしく」ぐらいの感じであっさり伝えただけだ。いつものように「あら、そうなの、まったく、落ち着きがないわねえ。まあ、名古屋で頑張ってみるのね？　頑張ってね」ぐらいに母もあっさり返事をする程度かと想像していたのだけど、母は予想外に寂しそうにしていた。

「えー、名古屋に行っちゃうの？　横浜じゃあダメなの？　なんだったら実家に帰ってくればいいのに」

という返事だった。横浜とは地元である。僕は横浜市出身であり、実家も横浜市にある。だから星の数ほどある横浜の会社に就職して実家から通勤する。それが母からしたら最も自然な選択に思えたのかもしれない。

母は僕に対してほとんど「ああしてほしい。こうしてほしい」と意見しないから、けっこう意外だった。でも、それで僕の意思が揺らいだかというと、そんなことはなかった。

「いや、名古屋で新しい生活をしてみたいんだよ。だから名古屋へ行くからね。そういうことだから」

そう言って僕は電話を終えて、名古屋での新生活に向けた準備を進めた。

第7章　2社目、やりがいを求めベンチャーへ

人生初の「自分の気持ちに従った選択」

僕は29歳になった。会社を辞めた時点では28歳だったのだけど、無職をしている間にまた1つ歳を重ねて、いよいよ30手前、真のアラサーとなった。

真のアラサーにまでなって、僕は人生で初めて、世の最大公約数的な生き方とは異なる選択をした。大手企業を無計画に辞めて、小さなベンチャー企業への再就職。まあ結局は会社員であり、しかもフルタイムの正社員でもあるので、これも最大公約数の範疇かもしれない。ただ僕の感覚としては、これは人生初の「自分の気持ちに従った、自分なりの選択」のつもりだ。今度ばかりは「結局は常識に縛られてレールに沿っているだけ」ではない、はずだ、たぶん。不安が半分、すがすがしい気分が半分、といった心境である。

新しい会社で仕事を開始する日の1週間前に、僕は東京から名古屋へ引っ越した。

生まれと育ちは神奈川、大学時代と前職時代は東京に住んでいたので、人生で初めて神奈川・東京以外に住むことになった。

そんな僕にとっては、同じ日本国内、しかも日本有数の大都市である名古屋であっても、その街は新鮮さに満ちていた。

見覚えのあるチェーン店が立ち並ぶ日本の大都市であることに変わりはないものの、その中に初めて見るお店もあったりして、微妙な差異がむしろ新鮮だった。一見すると東京や神奈川と立ち並ぶお店は変わらないのだけど、ところどころにいわゆる名古屋めし（味噌煮込みうどん、味噌カツ、手羽先、きしめん、あんかけスパゲッティ等々）のお店が挟まれていて、東京や神奈川とは異なる文化があることを示していた。


仕事が始まるまでの1週間は、周辺を徒歩で散策したり、郊外へドライブに出かけたりして過ごした。名古屋には前職に勤めていた際に出張で2、3回ほど来たことがある程度だから、どこに足を伸ばしても僕にとって未知の場所であり、それらを見て回るのが楽しかった。初めての場所を散歩したりドライブするのが好きなのだ。

名古屋駅から西側方向へ車で20分も走ると、街並みがすっかり田舎に様変わりする。信号も交通量も少ないのどかな道路が広がっていて、快適なドライブを楽しめた。

また、23時頃に名古屋駅を歩いて、人の少なさに驚いたりもした。広々とした駅構内がすでにガラガラなのだ。夜11時なんて、新宿ならまだまだ残業帰りのサラリーマンや酔っ払いによる人混みが形成されているというのに。多摩地域の三鷹駅ですら、23時だとまだ駅構内は人で溢れていた。終電が近づくにつれ、家路を急ぐ人たちでむしろ混雑してくるような時間帯ですらあった。

一方で名古屋駅の場合、その時間帯だとすでに、閉店間際で閑散（かんさん）としているお店みたいな雰囲気になっていた。「東名阪」とも形容される日本有数の大都市・名古屋ですら、東京23区外の三鷹と比べても人が少なく感じるのか……。そんな衝撃を受けた。


内定を受諾してからすぐに名古屋の賃貸を契約して、その家賃の安さにも驚いた。前職時代には東京の三鷹市周辺に住んでいたのだけど、そこと比べて名古屋は体感で家賃相場が2万円は低いように感じた。三鷹だったら家賃7万円の賃貸に名古屋なら5万円で住める。そのぐらいの感覚だ。賃貸市場全体の差はわからないけど、僕が見ていた条件の物件に関してはそのぐらいの差があった。郊外ではなく、名古屋駅から歩いて20分程度の場所にある都心部の物件でだ。

前述のように、週5日間も朝から晩まで組織の一部として束縛されながら働いてようやく稼いだお金の多くを、家賃へ支出する東京での生活に僕はうんざりしていた。生活のための手段にすぎない仕事が、生活の目的になってしまう。生活の主役になってしまう。その状態に嫌気が差していた僕にとって、名古屋の家賃の安さはとても魅力的だった。

初日から22時まで残業

新天地・名古屋を気ままにぶらぶらしながら新鮮な魅力をいろいろと発見しているうちに、あっという間に1週間が経過して、僕は初出勤の日を迎えた。

そして初日から22時まで残業した。

裁量労働制だったので、正確にいえば残業という概念自体が存在しないのだけど、初日は9時に出社した上で22時まで働いたので、実質的に残業と言っていいだろう。

「初日だし、会社の制度や環境についていろいろと研修を受けて、挨拶して終わりかなあ」なんてゆるく考えていた僕の期待は、きれいさっぱり裏切られた。15時頃までは想像通りの研修だったものの、その後はさっそく配属先の現場へ行き、「それじゃあ、すずひらさん、早速始めましょう!」みたいなノリで研修からシームレスに実務がスタートしたのだ。さすがベンチャー、テンポが速い。

いちおう、転職初日な僕に気を遣って、18時頃には「すずひらさんは初日ですし、今日はもう退勤で大丈夫ですよ。お疲れさまでした」みたいに言ってもらえたのだけど、そう言ってくれた人たちは明らかに「まだまだこれから仕事しまっせ」みたいな雰囲気を醸(かも)し出していたし、別に18時に帰りたい気持ちも僕はそこまで強くなかったから、「あ、いいっすよ、僕もやりますよ」みたいに応えてしまい、結果としての初日から22時。

それで構わなかった。会社員という働き方そのものへの苦痛や違和感はありつつも、いずれかの会社で働かなければ生活できない現実があり、わざわざ名古屋へ引っ越してまでこの会社で働くと決めたのは自分だ。だから、やるからには前向きに取り組み、できる限りの力を尽くそうと思っていた。

残業をしないとしても、週５日間も朝から晩まで仕事をすることには変わりない。週５日間、９時から18時まで淡々と、組織の歯車として機械のように労働して定時退社するよりは、22時まで残業しても、何かしら自分なりの仕事をしっかりすることで、「やりがい」を僕は感じたい。

世間では「仕事にやりがいなんて求めても会社から搾取されるだけだよ」と冷めたり、「やりがい（笑）」と揶揄する風潮がある。そうやって揶揄する気持ちはわからないでもない。一介の賃金労働者が仕事に「やりがい」を求めたところで、自分の意思より組織の都合が優先される環境ではそもそも無理があり、結局は会社に都合よく利用されるばかりだと理屈では僕もわかっている。ただ、生活の大半を仕事に捧げる以上は、無理でもなんでも「やりがい」が多少でもないとやってられないのだ。仕事でもそれ以外でも、やりがいがない行為を週５日間もやるなんてつらすぎる。

だから僕は、なるべく残業はしないとか、楽をするとか、そういう発想は捨てて、自分で考え、考えたことを行動に移し、自分なりに納得できる仕事をすることだけを考えるようにしていた。

自分で仕事をつくっている手応え

ということで、初日から22時まで仕事をし、その後も連日その状態が続いた。

とはいえ、毎日朝9時から仕事をしているかというと、そういうわけでもなかった。仕事に慣れていくに従い、僕は裁量労働制をフルに活用しはじめたのだ。11時から始業したり、昼過ぎから始業したりなど。

新しい仕事内容に適応していくに従い、自分の裁量で「今日は何時から何時までこれをやろう」みたいな計画を立てて、それに沿って仕事ができるようになっていった。

まさに、僕が求めていた働き方だ。まあ、忙しいのだけど。でも、たとえ仕事が多くても、それらへどのように対応していくかを自分で考えて自分なりにやっていい環境が僕には合っていた。

自分が配属された新規事業の内容に興味を持てていたというのも大きい。前職では全容を把握できない巨大すぎる事業のごく一部に関わりながら、「いったい、この仕事には何の価値があるのだろう。この仕事のアウトプットはどこの誰に届いているのだろう」という疑問があり、そんな疑問を抱く行為を週5日間もやることがつらかった。虚無感があった。

一方の名古屋の会社では、全容も何も、すぐ目の前に事業全体がこぢんまりと存在していた。僕が入ったときのメンバー数は5人。5人で新しい通販事業をこれから本格的に開始していく段階であり、事業そのものに自分が関わっていた。その感覚が、僕にはとても心地よかった。「これこれ、これを求めていたんだよ」。そんな感じだった。

イメージでいうと、前職は広大な敷地内に大量の人がいて、みんなが規則的に忙しく動いている状態。自分もその中の一人であり、自分の動きにどのような意味があるのか把握できないまま、指示に従い規則的に忙しくしていた。

一方の名古屋の会社は、ワンルームマンションの一室内に「通販事業を始めましょう」みたいな目標が壁に貼られていて、その目標に向かって数人で頻繁に「ああしよう、こうしよう」と話し合い、実行してみて、「いいね、これ」とか「これは失敗だったね、変えてみよう」などと自分たちなりにやっているような状態。そんなイメージだ。

僕にとっては後者のほうが明確に合っていた。給料は減ったし、社会的地位みたいなものも「誰もが聞いたことがある名を冠した大手企業の社員」から「聞いたこともない小さな会社の社員」へと落ちたわけだけど、そんなものは全然気にならなかった。給料や社会的地位なんてものよりも、自分が価値を感じられる物事に対して自分なりに取り組めることのほうが、はるかに大切であることを僕は身をもって学んだ。

残業は増えて年収は減る、でも楽しい

労働時間は前職から長くなった。前職は月の労働時間が平均すると１９０時間ほど（月の残業が約30時間）。それに対して2社目では２１０時間ほど（月の残業が約50時間）にまで増えた。しかも、給料は落ちている。年収６００万円から３６０万円まで落ちてしまった。

残業は増えて年収は落ちる。常識的に考えたら悲惨だ。転職失敗だ。それでも僕は、前職よりも日々を楽しめていた。「こんな生活を続けるぐらいなら死んだほうがマシだ」とは思わなくなったし、日曜夜に「また明日から会社かよ……」と気分が落ちることすら、いつの間にかなくなっていた。

年収は大幅に減ったけど、それで生活が成り立たなくなるわけでもなかった。お金に困って節約に苦労したわけでもない。年収３６０万円もあれば何不自由なく名古屋で独身生活を営めた。名古屋駅から徒歩圏内の賃貸に住み、車を持ち、名古屋グルメを頻繁に楽しむ生活を送れていた。

前職時代の年収６００万円と年収３６０万円を比較すると、額面だと年収２４０万円もの差がある。しかし収入が増えるほど税金や社会保険料も増えるので、手取り額の差は縮まる。そして東京の頃は家賃7万円の家に住んでいた一方で、名古屋だと5万円。駐車場は東京で１・５万円、名古屋では８０００円。仕事のストレスが減ったので、浪費も減った。新車を現金一括で買ったり、40万円のプロジェクターや数万円のアニメのＤＶＤボックスや１０００円以上の新刊を物欲に任せて次々と買う散財癖はいつの間にかなくなり、せいぜい、おいしくて安い名古屋メシを食べたり、名古屋周辺へ旅行する程度になった。

それらの要素が合わさった結果、稼ぎは大幅に減ったけど経済的余裕は前職の頃とたいして変わらない生活になっていた。東京では必要以上に稼ぎ必要以上に消費する状態だったが、名古屋でその状態が改善されたといえる。

僕の名古屋生活は順調だった。仕事は忙しいけど、自分の仕事に対して自分の中で納得感があった。

トラックドライバーすずひら

具体的な仕事内容にも触れていく。

僕が参加した通販事業というのは、ただＷｅｂサイトをつくるだけではなく、商品を仕入れたり、在庫を管理したり、商品を点検したり、出荷したりなど、通販事業をおこなう上で必要な工程の大半を自社で担うものだった。

その中で僕は、主に以下のようなことを担当していた。

- 受注を受けてから出荷するまでの業務フローをイチからつくる
- 業務フローを踏まえて、これからつくろうとしている受発注管理システムにどんな機能が必要なのかを整理して、社内のプログラマーに伝える
- 社内のプログラマーがつくってくれた受発注管理システムを現場で検証する
- 出荷する商品を配送会社の拠点まで運搬する（2トントラックに積んで、トラックを自ら運転）

前職と比べて仕事内容が大幅に違う。受発注管理システム周りの仕事はＳＥだった前職と通じるものがあるけど、それ以外は完全なる畑違いだ。特に2トントラックを運転して配送会社まで持ち込む仕事なんか、まさか自分が仕事でトラックを運転する日が来るとは前職の頃は夢にも思わなかった。

2トントラックを運転することになるのは入社前からわかっていた。求人票に書かれていたからだ。僕はマニュアルの車を運転するのが好きで、自分の車もマニュアル仕様だ。手動で変速させることで自分の意図通りに車を動かす。この感覚がなんとも気持ちよい。オートマは勝手に加

減速の感覚を変えてくるので運転しにくい。いくら効率的とはいえ、余計なことをしてほしくないのだ。僕は僕の思う通りに運転したい。

そんなマニュアル運転好きが理由でトラック運転に惹かれたことも、実はこの仕事に応募した理由のひとつだった。

左足でクラッチを踏んでエンジンと車輪の接続を切り、左手でシフトレバーを操作して車輪側の歯車を切り替える。そしてクラッチをていねいに放して再びエンジンと車輪を接続する……。この快感をトラックでも味わってみたい。

ちなみに、2トントラックはトラックの中では小型な部類で、普通自動車免許で運転ができた（当時）。それなら、せっかくだし運転してみたい。なんなら、運転してみないと損だとすら思える。運転できる資格を有しているのだから。

トラックで配送センターまで行くのには、片道50分ほどかかった。到着したら積み下ろし作業をして、荷物を受け取ってもらう手続きをして、また50分かけて帰宅する。この一連の仕事でだいたい2・5時間はかかる。そしてその2・5時間が僕は好きだった。

僕のほかにもう1人、トラックを運転できる人はいた。でもその人は上司で、ほかの仕事を僕より大量に抱えている人だったし、運転が好きなタイプでもなかったから、基本的に僕がドライバー役を一手に引き受けていた。

目的地は指定されているものの、ルートまでは指定されていないので、僕はさまざまなルートを走りながら仕事中にドライブを楽しんでいた。

ビジネス的な効率を考えると最短距離を毎回走るべきだろう。そのほうが時間も燃料代も節約できる。でも、そんなことを厳密に事業責任者から管理されることもなかった。僕は貴重なトラックドライバーだったので、「運転してくれるだけで感謝してる。ありがとう。急がなくていいから、くれぐれも安全運転でね」みたいな丁重な扱いを受けていた。そして僕はそんな優しいお言葉を遠慮なく受け取り、毎日のんびりドライブの時間を楽しんでいた。

法定速度を守ってのんびりドライブしながら名古屋ローカルのラジオ放送を聞き、「へえ、名古屋駅前でそんなイベントをやってるのか。次の土曜に行ってみよう」とか、「このパーソナリティ、しゃべり面白いなあ。東京では聞いたことなかったけど名古屋では有名人らしい」とか、そんな感じで楽しんでいた。

また、帰路では田舎によくあるような駐車場が広大なコンビニに立ち寄り、「からあげクン」を買い、駐車場の隅で仁王（におう）立ちしながら食べるのが日課だった。「ああ、今日もいい仕事をしたなあ。やりがいがあるなあ。楽しいなあ。自由だなあ」なんて感慨にひたりながら、名古屋郊外の田舎な風景を眺めてのんびり過ごす。最高だ。

ほんの数ヵ月前まで、コンクリートと人だらけな東京でオフィスワークをし、会社に生活を支配されて虚無になり、もう死んだほうがマシだとまで思い詰めていたというのに。死ななくて本当によかった。僕の生活は様変わりし、今は毎日が充足しているではないか。仕事に対して自分なりのやり方で自由に取り組み、やりがいを感じられている。無機質なオフィス内で機械的に仕事をする状態から脱出し、名古屋をトラックでドライブし、自然を眺めながら「からあげクン」を食べられている。最高じゃないか。いくら大手企業だからって、自分に合わないのだったら辞めて正解なのだ。自分の気持ちに従っていけば、きっと人生はうまくいく。

トラック運転は最高のひとときだった。受発注管理システム周りの仕事なんてやらなくていいから、トラック運転だけしててもいいぐらいだ。いっそのこと、どこかの配送会社にトラックドライバーとして転職することすら考えた。でも、そういう真っ当なドライバーの仕事だと、ルートを指定されたり、時間の拘束もされるのだろう。急いで帰って次の配送をしないといけないのだろう。それは無理だ。僕は1日1回、気ままに運転していたい。じゃあ、せめて今のこの気ままなドライバー業務を楽しもう……。そう考えていた。

ところが、僕がトラックの運転をさせてもらえた期間は半年ほどで終了してしまった。何かミスをやらかしたわけではなくて、外部の運送会社に依頼して配送センターまで運んでもらう体制になったからだ。

僕はそもそもSEの経験を買われて、出荷業務の整理や関連システムの開発を主に担うために採用されていた（と認識しているけど、実際はよくわからない。なにしろ面接ではラフに雑談していたぐらいの感覚だったから）。少なくとも、トラック運転はあくまで事業の体制が整うまでの暫定（ざんてい）的な仕事であり、運転を依頼できる会社が見つかったため担当を降ろされてしまった。

かくして、自由気ままな2・5時間の仕事はあっさりと幕を閉じた。自分の気持ちに関係なく、組織都合で仕事が変わる。それが会社員というものだ。

会社に自分の居場所がある安心感

トラックドライバー以外の仕事としては、在庫を保管している倉庫兼事務所で出荷業務のフローをいろいろ考えて実際に試したり、社内のプログラマーとどんな業務システムをどんなスケジュールでつくっていくかを議論したりしていた。トラック運転と比べたらそれらは自由さや楽しさでは劣っていたものの、それでも前職と比べたらだいぶマシには思えた。

前職では基本的に仕事の進め方に細かな決まりがたくさんあり、それを9時から18時プラス残業もしながらこなしていく形だった。一方で名古屋では「受注から出荷まで効率的に運用できるようにする」みたいな目標が与えられたら、あとは裁量労働制を自由に活用しながら自由に進めていく形だった。今は何をしていてそれはどんな状況なのかとか、細かく管理されたりもしなかった。

だいぶ放任されていたようには思うけど、別に僕が特別に信頼されていたという話ではない。そういう文化な会社なのだ。僕は受注や出荷を伴うような業務のプロでも何でもないどころか未経験の素人（しろうと）だし、とりたてて頭が回るわけでもない。約5年間、大企業というシステマティックな環境で、巨大な事業の歯車としてSEを経験してきただけだ。

僕はその程度の人材だったけど、それでもいちおう、システム開発の業務経験があるといえばある。ベンチャー企業かつその中でも新たにつくったばかりの新規事業に入ってくるような人はなかなかいないので、僕程度でも居場所が与えられていた。謎にトラック運転に前向きだったのも居場所確保にプラスの影響があったとは思うが。

もし優秀なシステム開発経験者が集まるような環境だったら、僕はあっという間に「トラック運転してくれるだけで、それ以外はとりたてて特徴のないSE」扱いとなっただろう。まあそれでも別に構わないのだけど、前述の通りトラックドライバーの仕事は約半年で消失したので、以降は居場所がなくなっていたと思う。

しかし実際は僕にとって幸いなことに、優秀なシステム開発経験者が集まるような環境ではなかった（しばらくの間は）。顧客からの電話を受けてくれる学生バイトや、倉庫から商品をピッキングしてくれる学生バイトは採用していた。でも、いちおうはシステム開発の経験を持っていて、システムの要件を整理したりプログラマーといろいろ話しながら開発全体をコントロールしていく仕事の経験者は、しばらくは僕のほかにいなかった。だから居場所があった。

という感じで、仕事に関しては順調な名古屋生活を送っていった。

休日も楽しく過ごす

仕事以外はどうだったかというと、こちらも順調だった。仕事よりもさらに順調だったと言っていい。

仕事は忙しかったものの、休日出勤をした覚えはなくて、土日祝日はしっかり休めていた。だから引っ越し前の想定通り、岐阜に住んでいる高校時代からの友達と頻繁に遊んでいた。空いてて気持ちよく走れる田舎道をマニュアル車でドライブしながら岐阜まで遊びに行き、友達の家で延々と酒を飲みながらアニメを観たり。あるいは逆に友達に名古屋まで来てもらい、名古屋の店で一緒に飲んだりなど。

１人で名古屋の街コンへ参加したりもして、そこで出会った女性と僕がお互いに友達を誘って４人で、名古屋のお店で合コン的なことをしたこともある。その女性たちとは恋人関係にこそならなかったものの、その後も何度か友達みたいな関係性で遊んだりもした。

おかしな私立男子高校で女性の存在をいっさい感じないまま社会不適合な青春を過ごしてきた僕も、そんな遊びをできるほどに成長したのだ。「こんな生活を続けるぐらいなら死んだほうがマシだ」とすら思っていた生活から、転職と引っ越しにより脱出できたことによる反動もあっただろう。新しい仕事と新しい土地、そしてそれらの環境に順調に適応して楽しめている状況がうれしくて、テンションが高くなっていた。

女性関係の話は、高校時代のエピソードで「女は何を考えているかわからない。でも近くにいられるとなんだか気になりソワソワしてしまうので面倒くさい」みたいなことを書いたきりだった。ただその後の大学生活、特に会社員生活で日常的に女性と接するようになり、いつの間にか女性に対する妙な緊張はなくなっていた。

この本では学校の話や仕事の話ばかりしているけど、前職時代には付き合っていた人も実はいたのだ。世間によくある形で知り合い、付き合ってみて、よくある形で交際を始めたものの、僕の頭が徐々に会社のストレスに支配されて余裕を失っていき、関係が壊れていき、2年弱で完全崩壊して終了した。そんななんとも後味の悪い思い出ではあるけど、人並み程度には女性と一緒に遊んだりできるようにはなっていた。

とはいえ、僕の土台はやはり1人でのんびり過ごしたり、あるいは男だけでバカ話をしていることにある。女性を交えて遊ぶ頻度の10倍以上は、1人あるいは高校からの友達と散歩したりドライブしたり、読書したりアニメを観たり酒を飲んだりして休日を楽しんでいた。神奈川や東京からだと遠かった京都や伊勢、金沢などへも、名古屋からだと車で2、3時間程度で行けてしまう。その立地のよさをふんだんに享受していた。

前職時代における土日は、「気分を切り替えて前向きに頑張っていこう」期と「もう本当に仕事が嫌だ。つらい」期をくり返していた。前者の時期では無理やりなハイ状態で「俺は働いて稼いでいる！　頑張っている！　だからそのお金でどんどん楽しんでいこう！」みたいな思考になり、大きなテレビ、大きなスピーカー、新車購入、車の買い替え、バイク購入などをして散財。でもそんな消費行動では、嫌な仕事を長時間している生活に対する満たされなさは解消できず、そうこうしている間に後者の時期へ切り替わり、朝から家で1人で酒を飲んでいる。なんて土日を過ごしていた。

端的に言ってクソだ。いったい自分は何をしているのだろうか、という自己嫌悪が常に頭の片隅にあった。

一方の名古屋生活では、生活の時間の大部分を占める仕事に対する納得感があったため、無理やりなハイ状態をつくらなくても自然と過ごしたいように過ごせていた。

両親に名古屋を案内し親孝行

父と母も名古屋まで遊びにきてくれた。新幹線で横浜からやってきて、名古屋名物のひつまぶしを一緒に食べたり、名古屋ドームで野球観戦をしたりして遊んだ。もちろん僕の車での案内だ。なんて親孝行なのだろう。次のあてが何もないまま、何も言わず会社を辞めて無職になった息子は、しかしちゃんと再就職し、新天地・名古屋を両親に車で案内するほど立派になったのだ。

熱田神宮の近くにある「あつた蓬莱軒」というひつまぶしの超有名店が名古屋にあり、そのお店へ僕は両親を案内した。父も母もうなぎが好きで、特に母はうなぎが大好物なのだ。だったらもう、名古屋に来たら本場のひつまぶしを食べさせないわけにはいかない。

「これがねえ、本当においしいんだよ。まずはそのまま食べて、次に薬味をかけて食べて、最後はお茶漬けね。これが本場の食べ方だから」

とかなんとか誇らしげにひつまぶしの食べ方をレクチャーした僕だけど、もちろん、ひつまぶしなんていう高級料理を食べた経験はそれまでに一度もなかった。ただ両親へ「俺はちゃんと名古屋で大人な生活をしてますから」とアピールしたかっただけだ。

父も母も、ひつまぶしのおいしさにいたく感動してくれた。特に母は、「うわあ、おいしいわねえ……」と連呼しており、ふふ、そうだろう、と僕の鼻は高くなった。できることなら、もう一度母にひつまぶしを食べさせたい。

急成長するベンチャー、落ちこぼれていく自分

そんな感じで公私ともに順調な名古屋生活を過ごしながら、約1年が経過した頃。

僕が入社した当時は5人しかいなかった新規事業のメンバーは20人以上に増えていて、1日当たりの販売数も20倍以上に増えていた。最初の頃は1日5個も売れればいいレベルで、だからこそ業務の仕組みが全然整っていなくても通常業務は回せたし、それと並行しながら業務フローを考えたり、業務システムをつくったりができていた。

でも1年後の販売状況だと、さすがに仕組みが整っていないと対応できない。では仕組みはどうなったか。僕の仕事のひとつとして、それらの仕組みを整えるという役割があったはずだ。はたして、業務の仕組みは整っていた。もちろん僕が1人で整えたわけではなく、1年の間に徐々に人が増えていき、いろいろな人と協力しながらつくっていったものだ。正直に言えば、僕よりも後から入ってきた人たちのほうが貢献していた。

前述の通り、僕は「せっかく仕事をするからには、自分で考え、考えたことを行動に移し、自分なりに納得できる仕事をする」という前向きなスタンスで名古屋での仕事に取り組んでいた。

それはたしかに前向きなスタンスではあっただろうけど、主体はあくまでも自分であり、会社のビジネスではない。ここが実は重要なポイントとなる。つまり「自分なりに頑張って、自分なりの価値をつくることで、自分の人生の時間を使うことへ自分なりに納得できるようにする」ことが目的であり、「会社のビジネスを成長させて利益を上げる」には、正直なところあまり関心

がなかった。

何がなんでも業務の仕組みを整えて生産性を上げるぞ、事業を大きくするぞ、利益を生み出すぞ、みたいなことは僕にとって重要ではなかった。僕にとって重要なのは、多くの時間を費やす仕事に納得することで、自分の人生を充足させることだった。

「経営者目線で仕事をしよう」みたいな言葉をどこかで耳にしたことがある。僕はある意味、経営者目線で仕事をしていた。自分を賃金労働者として雇ってくれている会社の経営者ではなく、自分自身の人生に対する経営者としての目線、だが。

だって、ハッキリ言ってしまうけど、他人がつくった会社の事業なんて、僕からしたら他人事だからだ。他人事に対して経営者目線は持てないし、自分事に対しては経営者目線で頑張りたい。

僕にとってはごく普通の考え方のつもりだけど、まあ、そうは言っても、そんな考え方が通用するほどベンチャー企業かつ新規事業という環境は甘くはなかった。

事業が大きくなるにつれ、定型的な作業をしてくれるアルバイトしか採用できなかった状況も変わっていき、事業の成果を上げることに貪欲（どんよく）な上昇志向の塊（かたまり）のような社員たちが入ってくるようになった。新規採用や、社内の別部署からエース級の人たちが異動してくることによってだ。そういう人たちは「この新規事業を大きくしたい。そのためにも生産性の高い仕組みを早急につくらなければ」みたいな使命感に溢れており、そういう人たちによる成果が大きかった。

自分の人生を充足させるための手段という範疇で会社の仕事に取り組んでいる僕と、会社の事業を成長させることそのものを目的としている（ように見える）人たち。どちらのほうが会社の事業に貢献できるかというと、当然ながら後者だ。

僕はあくまで1人の労働者として仕事をしていた。一方で、立場としては僕と同じ労働者ではあるものの、まるで事業の経営者であるかのような目線で自分事として事業に向き合って仕事をする人たちが後から入ってきて、そういう人たちがグイグイと事業を先導していった。

そういう人たちに対して、僕は「なんでそこまでやれるんだろう……。そこまでやるなら、もう自分の会社をつくるとか、自分の名前で仕事をする自営業とかしたほうが得なのではないか。会社員って、事業成長にフルコミットしなくても安定した給料をもらえることがメリットなのではないか」なんて感想を抱いていた。

前に勤めていた大企業にはまずいないような、上昇志向の強い経営者目線なメンバーがいつの間にか増えていた。それもベンチャー企業ならではなのだと思う。

そういうメンバーにしたって、考えていることを何段階か深堀りしていけば、僕と同じくやはり自分の人生に対する経営者であって、事業そのものに経営者目線を持っているわけではないのだと想像はできる。つまり、労働者として携わる仕事に全力を出して成果を上げ、その成果を自らの実績とすることでより良い条件での雇用を獲得したり、独立への足掛かりにしたりするということだ。

僕も自分の人生の経営者として、そういう戦略を取ればいい、ということはこれまでに何度も考えてきた。そのほうが合理的だと思える。しかし、その合理的判断に僕の心と体はついてきてくれない。その戦略を実行に移せるほどの熱量を、労働者として携わる会社の仕事に傾けられない。これはもう理屈ではなく気持ちの問題だ。

心が折れた日

在庫管理、受注管理、出荷までの業務フロー、出荷後の管理、そしてそれらを効率的におこなう業務システム。そういったものたちが、僕が呑気（のんき）にマイペースに仕事をしている間に整っていった。

その結果、必然的に僕の自由度は下がっていった。裁量労働制をふんだんに活用しながら、所要時間２・５時間の気ままなトラックドライバーの時間も満喫しながら、自由度の高い働き方を謳歌していたのだけど、業務の仕組みが整備されていけばいくほど、そうやって気ままに仕事をしていられる環境ではなくなっていった。

事業に対して経営者目線を持つメンバーたちが、新たな事業課題の解決に向けて引き続き経営者のごとく邁進（まいしん）していく一方で、僕は「トラックドライバー兼仕組みをつくる担当者」から「つくられた仕組みに沿って業務をまわす一社員」になっていった。

その頃には「毎日１００件出荷すること」みたいな達成基準があった。それを達成しないと注文が溜まっていき、注文から出荷までの日数がどんどん伸びてしまう。

多くの注文を確実に毎日処理していくための業務フローとして、次のような形が整備された。

【出荷業務フロー】
倉庫から商品をピッキングする人、点検する人、梱包(こんぽう)する人などの作業工程ごとに担当者を配置。担当者はその作業だけを、以下の時間で延々と続ける

9：00〜9：50まで作業して、10分休憩
10：00〜10：50まで作業して、10分休憩
11：00〜11：50まで作業して、10分休憩
以下、同様に続ける

1時間の昼休憩を挟みながら、これを17時まで続ける。そして17時から18時に後片付けと反省会をして退勤。こんな仕事の仕方に様変わりしていった。

このように時間で作業を管理する業務は、裁量労働とは正反対だ。明確に作業時間が決められているので、裁量労働なんて言っていたら、とたんに業務が崩壊してしまう。「点検担当の山田さんがまだ出社していないので、次の工程に進めません」なんてことになってしまう。

ということで出荷業務を担当する人間は、裁量労働制から、9時から18時勤務のごく普通な拘束制度へ切り替えられてしまった。そして僕もそれに該当する1人だった。

基本的に実作業はアルバイトの人に担ってもらい、僕を含め社員は作業の進捗(しんちょく)管理や品質管理、各種課題対応、その他業務運営のための大量の雑事に追われていた。でもヘルプで実作業に入る

ことも頻繁にあったし、一緒に作業をしながらいろいろ改善策を考えるみたいなこともしていた。だから裁量労働制とは相容れないことに違いはなかった。

僕は、案の定、この働き方に耐えられなかった。厳密な業務フローで仕事をすることになってわずか２ヵ月で音（ね）を上げた。業務中、「あ、もう無理だ。この仕事はこれ以上無理」と心が折れて、大量の在庫が立ち並ぶ倉庫の床で、仰向けの大の字になって寝転んだ。もう、立っている気力すら失われた。

「すずひらさん、大丈夫？」

年上だけど社歴は僕よりまだ浅い、最近入社した人が、業務中に倉庫で突然寝転んだ僕へそう声をかけてくれた。

――大丈夫ではないです。もうこの会社は辞めます。なるべく早く辞めます。

心の中ではそんな旨の返事をしつつ、口では「いやあ、ちょっと疲れちゃいました。大丈夫です、気にしないでください」とだけ答えた。

無性（むしょう）に泣きたくなった。

というか、軽く泣いた。涙目になった。

ちくしょう……。悔しい。新天地の名古屋で、ベンチャー。思い切って挑戦して、新しく人生を充足させようと頑張ってきたつもりなのに……僕はいったい何をしているんだ。職場の倉庫で寝転んで、心配されて。本当にダメだな、もう。自分のやっていることが情けなくて仕方がない。

僕は本当に、もう、何をしているのだろう。何をしたいのだろう。

ベンチャー企業、しかもその中で立ち上げられたばかりの新規事業であっても、事業が成長していくにつれていろいろなことが仕組み化されていき、一担当者にすぎない人間はその仕組みに管理されていく。そんな当たり前な展開をしただけだ。しかし、そんな当たり前な展開へ先回りして対策するわけでもなく、かりそめの「充足した人生」を謳歌して調子に乗っているばかりだった僕は、名古屋での生活を始めてからわずか1年2ヵ月で、再び人生に行き詰まった。

再び会社を辞めた

僕は、再び会社を辞めた。

前回は約5年間も悶々(もんもん)としながら惰性で働き続けていたけど、今回は「もう無理だ」と心が折れて職場で大の字になってから1ヵ月で辞めた。

僕は代わりがいくらでもいる一介の作業員であったため、引き継ぎもあっという間に完了し、強引に有休を全消化した後、淡々と会社を去った。辞めてからの計画はもちろん何もない。もう嫌になりすぎて、とりあえず辞めないことにはどうにもならなくなったので辞めた。それだけだ。

このまま働き続けたら、また「死んだほうがマシ」と思うような日々になると思えた。またその状態に逆戻りするのは絶対に嫌だった。

僕はこの会社において、トラックドライバーとして一時的に重宝された程度であり、それ以外はこれといった活躍もしないまま適応できなくなり去る人間だ。とはいえ、社内の人間関係はおおむね良好だった。中途採用の面接をしてくれた方々には、入社してから辞めるまで可愛がってもらったと思う。それ以外の人たちとも、総じて仲は良かった。まだ少人数な時期に、わざわざ東京から名古屋へ引っ越してまで入社した人間として、ていねいに接してくれていた人が多い。

前職のときにはなかった送別会をしてもらい、その後も何人かとは飲みにも行った。そういうのは、やっぱりうれしかった。そのような人間的なコミュニケーションが生まれる時間を過ごせたのなら、人生の中である程度の時間を費やした意味もあったと思える。

在職期間は1年2ヵ月。前職は4年11ヵ月だったので、前職と比べて期間はだいぶ短い。世間からの見え方としては「大手企業を辞めてベンチャーに挑戦したけど、失敗して短期で離職した」ともなる。それは一面では本当にその通りで、だから情けない。失敗した落胆はどうしたってある。

そもそも僕にベンチャー企業が向いているわけがなかったのだ。会社の仕事そのものに対する熱量不足で落ちこぼれていくのが目に見えている。効率を無視して気ままにトラックでドライブし、途中でコンビニに立ち寄り自然の景色を眺めながら、のんびり「からあげクン」を食べるような人間なのだから。

まあ、でも、これも人生経験だなあ。そんな納得感もある。結果的には失敗だったかもしれないけど、前職とは真逆の会社で試してみようと自分で考えて、リスクを受け入れて新しい環境に飛び込んだ。その結果がどうなるかなんて、実際に試してみないとわからない。だから試してみた。これは僕が「自分で考えて、自分の責任で行動した結果」であり、だから納得感がある。大学時代や前職時代よりも、自分なりの人生を生きてきたと思える。

そもそも、成功とか失敗なんて、そんなものはどこに目的を置くかによって変わってくる。長く1つの会社に勤めることを目的とするなら、今回の転職は失敗だろう。でも僕は別にそんなことを目的にはしていなかった。死んだほうがマシと思うほどの生活を変えたくて、そのためにあえて大幅に社風の違う会社に入ってみて、住む場所も変えたのだ。その結果、時間は短くても充足した日々を送れて、自分の人生経験としての納得感も得られている。心が折れたときは涙目になったし、情けなさで1日5回ぐらいは自己嫌悪に陥ったりもするけど、まあ、そういうのも全部含めて、自分の人生として納得できる期間だった。

今後の計画は完全に白紙であり不安ばかりだけど、死にたいとはまったく思わない。なら、今回の挑戦は失敗どころか、むしろ成功だったのだ。そう考えることだってできなくはない。じゃあ、そういうことにしよう。

また次の生活を考える必要はあるけど、新卒入社した会社で鬱々(うつうつ)としながら働き、東京の高額な家賃を搾取されていた頃と比べたら人生経験を積めたし、異色な業務経験も積めたし、世の中に対する知識も増やせた。それらの成果は、次の生活へ移行する上で自分を助けてくれるだろう。

大企業の安定性、給料、社会的ステータス。そういうものたちよりも、自分の気持ちを優先して、思い切って決めたベンチャーへの転職と名古屋への引っ越し。見通しの甘さでいろいろと苦労もしたけど、別にそれでいい。事前に何もかもを見通そうとしなくても、実際にやってみて、経験して、それで自分が納得できたのだから、それでいい。そういうことにしよう。

第8章　2度目の無職生活

僕が望んでいるもの

僕は再び無職生活に入った。

前回は東京での無職生活、今回は名古屋での無職生活だ。そういう場所の違いはあるものの、日々の過ごし方は前回とほとんど同じだった。つまり、散歩して、読書して、ラジオを聞いて、アニメを観ていた。約1年2ヵ月間もベンチャー企業の新規事業という忙しい環境に身を置いていたのだけど、そこから一転して、これ以上ないほどのんびりとした日々を僕は過ごし始めた。

結局のところ、僕が本当に送りたい生活は、こういうのんびりしたものなのだと思う。それ以上望むものがこれと言ってない。資本主義社会の中で名を上げて有名になるとか、大金を稼ぐとか、異性からモテるとか、そういうこともたしかに魅力的ではあるけど、一方で疲れそうだ。のんびりとした生活の中で街や自然に触れて「今ここにある世界」をただ五感で感じたり、本やラジオやアニメなどを通して「こことは別の世界」にも触れて、そこから何かしらの刺激を受けて何事かを内省してみたり。そうしていると心が落ち着くし、自分本来の姿のまま世界に存在しているような納得感を得られる。

　自分はそういう人間なのだろうな……。前回とほぼ同様の無職生活にごく自然と帰結している自分自身を客観的に眺めながら、そう思った。

　そんな人間なのにもかかわらず、あえてベンチャー企業の新規事業なんていう忙しい環境に身を置いて、1年2ヵ月だけではあるけどそこで自分なりに前向きに働いてきたわけでもある。それは「生きていくためには、現実的に考えて会社勤めをする必要がある」という資本主義社会の世知辛(せちがら)い現実があるからだ。

　そしてどうせ会社員として働くのなら、定時退社はできるけど意味を感じられなくて虚(むな)しくなる退屈極まりない仕事を、周囲の人も活力を失っているような環境に身を置きながら悶々とやるよりも、忙しくてもいいから何かしら「自分がやる意味」を感じながら、そして何かしらの充足感も得ながら、人生に対して前向きな人たちとともに働きたい。そういう優先順位だった。

　ところで、岐阜に住んでいた高校時代からの友達は、僕が会社を辞める約1ヵ月前に転職して、地元の神奈川へ戻ってしまっていた。寂しかったけど、その友達も会社の仕事でいろいろと悩んでいて、いろいろと考えた末に一足先に転職して地元へ戻ったのだ。だから仕方がない。

　友達は会社の都合で地元の神奈川から縁もゆかりもない岐阜へと拒否権なく飛ばされて、僕が名古屋に来るまでは孤独に会社と家の往復をしていた。四方を畑に囲まれた田舎の中でポツンと建つ賃貸マンションに住んでおり、広々とした環境に解放感こそ覚えつつも、地元に帰りたがっていた。だから無事に地元に帰れて僕もうれしい。

しかしそれはそれとして、今度は僕が孤独になってしまった。


「まあ、無理せずやってけばいいや」


友達は転職して地元に戻ったわけだけど、僕はどうしようか。名古屋での無職生活を気ままにのんびり過ごしつつ、友達と遊べない寂しさを感じながら、今後の身の振り方についても思案していく日々だった。

今回も貯金は心許（こころもと）ない。前回の無職生活では100万円以下の貯金を半減させてから名古屋へ引っ越し、収入が激減した名古屋では貯金はほとんどできていなかった。貯金残高は50万円を下回っていた。3ヵ月ぐらいで次の仕事を始めないと家賃が払えなくなり生活が破綻してしまう。

やばい……。

でも、とりあえず散歩しよう。まあ、なんとかなるでしょう。貯金が尽きたところで、現代日本社会で死ぬことは（たぶん）ないのだから。

前職で「こんな生活を続けるぐらいなら、もう死んだほうがマシだな」とまで思い詰めたことがキッカケで、それ以前と比べて後先のことを堅実に合理的に考える気質が弱まっているのを自覚できる。僕はある意味で、あのときに1回死んだのだ。その上で、ボーナスステージとしてその後の人生を再開している。そう解釈することもできて、すると、その後の計画が何もないまま会社を辞めてしまえる。貯金が50万円以下でも、就活に必死にならず街を散歩していられる。「まあ、無理せずやってけばいいいや」と開き直れてしまう。

ところで、前回の無職期間と同じく今回も失業手当に関しては、受給開始までに3ヵ月も待つ必要があるようだった。前回の場合は、その３ヵ月を耐える程度の貯金はあったのだけど、今回はそれすら危うい。失業手当の受給開始まで貯金がもたないとしたら、もはやセーフティネットにすらならない。「自己都合で会社を辞めたのだから、そこは自己責任でどうにかしなさい」という意図による制度なのだろう。世知辛い……。

（なお、これは２０１５年当時の話であり、２０２４年現在では、柔軟な職業変更を支援するために給付制限期間の短縮がされているらしいです。失業手当を活用したい人は最新の制度をご自身でお調べください）

無理せず散歩でもしながら、僕は今後の仕事について少しずつ考えを進めていった。具体的には、すぐ求職活動を開始するのではなく、まずはこれまでの経験を振り返りながら方針を考えることにした。その順序は前回の転職活動と同様だ。前回の場合は、仕組みの整った大手企業からベンチャー企業へ転職するという結論となり、その通りに実行したわけだけど、さて、今回はどうしようか。

ベンチャーで働いたことで、僕の狭い視野にも「働く＝会社員」とは限らない世界の広さが入るようになってきた。会社の中でいろいろな人を見てきたからだ。元フリーランスの人、逆にフリーランスになると言って辞めていった人、起業すると言って辞めていった人、起業したけど会社を畳んで入社した人、役員（大企業によくいる労働者と実質的に変わらない名ばかり役員ではなく、ちゃんと経営をしている役員）、創業社長などなど。

自分と同年代、あるいは年下であってもさまざまなキャリアを経た人たちがベンチャー企業の中にはいて、そういう環境に身を置いている中で、自然と僕の視野も広がっていった。

創業社長は僕より年上だったけど、一回りも違わなかったと思う。その年齢で会社を立ち上げて、雇用を生み、本人は数十億円（数百億円かも）にもなる莫大な資産を築いていた。そういう人から直接会社の説明を受けたり、目の前1メートルの距離にいる飲み会に同席したりした（特別の評価を受けて創業社長から可愛がってもらっていたのではまったくなく、10人以上の飲み会において、偶然、そういう席になったタイミングがあった）。

飲み会ではすべておごってくださり、「この人からしたら、この居酒屋での約10万円の会計は僕にとっての10円に等しいのだろう」なんていう無粋な想像を巡らせながら、世の中の広さを僕は目撃していったのである。飲み会の会計は高くても1人5000円以下に収まるようにして、上司であろうとおごってくれることはめったにないというのが、僕がそれまで経験してきたサラリーマンの飲み会だったのだ。むしろ上司のほうが結婚して子供が複数いる率が高くなり、小遣いのやりくりで苦労している有様だった。

会社をつくり、莫大な資産を築き、多くの雇用も生む。周囲から「社長」として尊敬される。この人のおかげで自分は給料を得られて、食っていけるのだ。そう感謝もされる。そのような暮らしとはどのような体感なのだろう。きっと気持ちがいいのだろう。生きている実感に溢れているのだろう。正直に言うと、うらやましい。自分もそういう立場を体験してみたい。

でも一方で、社長およびその他の役員は非常に忙しそうだった。資本主義社会の四方八方に存在する利害関係者（ステークホルダー）たちに常に囲まれながら、プレッシャーに晒（さら）されているように僕には見えた。彼ら彼女らはそのプレッシャーを楽しめるタイプなのだろうけど、僕にはちょっと考えられない。自分の責任で事業を運営し、人を雇って給料を払い、その人の生活を支えるという一点だけでも僕にはしんどそうだ。自分が舵取りを誤ったら他人の生活にも影響を及ぼしてしまうのだから。そんなプレッシャーをすべて投げ出して、「もう十分に稼いだんだから、引退して散歩して読書してればいいじゃん」となりそうだ。

うらやましい面と、自分には合わないなあと思う面。両面がある。まあ、とにかく、「働く」と一言にいっても、さまざまな働き方の選択肢があり、それぞれに自分に合う面と合わない面がある。だから、広い視野を持ち、複数の選択肢を踏まえた上で、今後の仕事を考えていきたい。

自分に向いている働き方は？

まず、会社員という働き方について改めて考えてみる。

学生時代、１社目、２社目で経験してきたこと、その中で自分が考えたこと、行動したことを振り返っていくと、どう考えても自分には会社員という働き方が向いているようには思えない。いや、思えないというよりも、もはや実体験を根拠に向いていない事実を証明終了している。大手企業とベンチャー企業、タイプの異なる2つの企業で働いてみて、どちらも僕は、逃げるようにして無計画に辞めたのだ。それはもう、会社員に向いていないことの証明といっても過言ではない。

公立中学にも国立大学にも馴染めなかった。もはや仕事内容以前の段階で、週7日しかないうちの5日間も決められた時間に決められた場所へ行き、指図に従うこと、それ自体が僕には苦痛なのだ。

ということは、もう、転職しても無駄である。また同じような苦痛を味わい無計画に辞める結末が目に見えている。

では、どうするか。創業社長を真似して起業するか?

……うーん、全然、ピンとこない。憧れる面と面倒くさく感じる面の両面を考慮した上で、結論として「面倒くせえからいいや」となる。積極的に自分の会社をつくり自分のビジネスをしたいのではなく、会社員には向いていない前提のもと、消去法的に起業を考えているだけなのだ。だから面倒くささが先だってしまう。そもそも起業のアイデアもない。

会社をつくる起業ではなく、個人事業主として小さな事業を起こすのはどうだろう。

……やばい、それすら面倒くさい。やはり消去法的思考であり、アイデアもない。アイデアを頑張って考えてみようという気力すら湧かないほどに面倒くさい。きっと向いていないのだろう。

わかった、もういい。事業を起こすのは面倒くさいのなら、フリーランスならどうだ。個人事業主とフリーランスの明確な違いはよく知らないけど、フリーランスは自分の事業というよりは、会社に属さずフリーな立場で仕事を請け負う的なイメージで僕は今考えている。僕はこれまで、例外はあるものの、おおむねシステム開発の仕事に会社員として携わってきた。しかし今後はフリーな立場で携わるのだ。フリーのＩＴエンジニアというやつだ。前職（名古屋で勤めた会社）にも、フリーのＩＴエンジニア出身の会社員や、逆に会社員からフリーのＩＴエンジニアになると言って辞めていった人が複数いた。

これは、まあ、起業や個人事業主よりはイメージしやすい。頑張れば実現できる、気がする。起業や個人事業主だと、何をしていいのかわからない未知の道を探求していくことに面倒くささが先立つけど、フリーランスならその度合いは低くなる。

でもなあ……。それでもやっぱり、面倒くさいことに変わりはない。「面倒くさい」を連発しており読者からウンザリされそうだけど、その心理が事実なのだから仕方がない。たしかにフリーランスは会社員と比べると自由度は上がるだろうけど、個人にかかるプレッシャーと責任はきっと段違いだろう。会社の一部としてではなく、個人として働くことになるのだから。

それでも、会社員よりは自分に向いているようには思う。とはいえ、ではフリーランスを目指したいかというと、全然、乗り気になれない自分がここにいる。会社員と比較すると、メリットとデメリットの両面があった上で、トータルでは会社員よりは向いている気がする。でも、そもそも、フリーランスとして仕事をしたいのかというと、全然したくない。しんどそうだ。向いていないことが証明済みの会社員か、向いていない度はおそらく多少は下がりそうだけど未知な部分が多いフリーランス。その2択において、結局どちらも嫌なのだ僕は。

そもそもの話として、僕はビジネスマンより職人が向いている気がする。そうだ、それだ。会社員も起業も個人事業主もフリーランスも、いずれもビジネスマンの範疇であり、だから前向きになれなくて、面倒くさいと連呼してしまうのだ。僕は多くの利害関係者(ステークホルダー)と関わりながら資本主義社会の中で立ち回ってビジネスをするよりも、家の中でじっくり時間をかけてモノづくりでもしていたい。

じゃあ職人になるか？　というと、いったい、何の職人になれるというのだ。28歳までなんとなく社会のレール的なものに乗りながらぼんやり生きてきて、死にたくなったので開き直って思い切った転職をして、でもまた嫌になって無計画に会社を辞めたのが現在地。その現在地に至るまでの人生において、職人になれるようなスキルなんて何も磨いてきていない。じゃあ無理じゃん。

まとめよう。会社員には向いていないと証明済み。かといってほかの働き方を考えてみても、ビジネスマンという存在自体になるのがもはや面倒くさくてたまらない。僕はきっと職人タイプなのだ。じゃあ職人になるかというと、何の職人になりたいのか、なれるのか、いっさい不明。

たぶん無理。

もう、どうしたらいいのかわからない。わかっていることはただひとつ。生きていくにはお金が必要であり、お金を得るには働くしかないということだけだ。

ならもう、貯金が尽きる前にひとまずは見知った道である再就職を選択し、再び会社員となり稼ぐのが現実的な判断だ。まったく気乗りはしない。どうせまた無理になるのだろう。でもとりあえず、今はそうする以外に選べそうな道がない。

３度目の就職活動

かくして僕は、２度目の無職生活を送りながら、３度目の就職活動を開始した。自分なりに幅広く働き方を考えていき、消去法で次々と選択肢を消していった結果、１周回って最初に消去したはずの会社員という選択肢に舞い戻ってきた。僕はいったい何がしたいのだろう。もはや自分でもわからない。しかし生きていくにはお金が必要であり、いつの間にか僕は30歳になった。いくら一度死んだと解釈して今はボーナスステージであると位置づけてみたところで、そのボーナスステージがもはや日常化しており、もう30歳にもなったのだから、ここらでいったん生活を立て直したい気持ちも率直に言えばある。

物語みたいにはいかないのだ。ここは現実なのだから。もし僕が小説の中のキャラクターであれば、２社目を辞めたら次は自分が起業してベンチャーをつくるターンだろう。創業社長のカリスマ性に尊敬の念を覚えた僕は、「会社員に適応できないのなら、自分で会社をつくって俺も社長になろう」と決意する。うん、小説だったらそうなる展開だ。そしてここは小説ではなく現実であり、独身無職の30歳で起業するほどの活力もなければ貯金もない僕は、とりあえず再就職したい。

再々就職先として、次のような条件で求人を探していった。

・裁量労働制、あるいはフレックスタイム制である
・スーツを着なくていい
・経験者として入れて、ガチガチに管理されるのではなく、ある程度は任せてもらえそうな環境と仕事内容
・仕事内容にいくばくかでも興味を持てる
・東京以外の勤務地

名古屋の会社は裁量労働制であり（終盤を除く）、その制度を僕は本当に気に入っていた。だから3社目でも同じく裁量労働制、あるいはフレックスタイム制な会社を求めた。自分の仕事状況をまったく考慮されることなく「毎日9時から18時まで仕事をしてください」と一律で束縛される働き方は、二度とできる気がしない。

服装については、1社目はスーツに革靴（ネクタイは不要）だった一方で、2社目は完全に私服だった。いわゆるビジネスカジュアルならＯＫ、みたいなレベルではない。社外の人と接しな

い限りにおいては、ジャージでもスウェットでもコスプレでも何でも許される環境だった。僕はよくスウェットを着て昼近くに自転車で出社していた。３社目は、スウェットはさすがに無理だとしても、スニーカーとチノパンと何かしらの襟つきシャツぐらいなら許可される環境にはしたかった。スーツも革靴も、その意義が僕にはわからないわりに動きにくいし、高価だし、メンテナンスも面倒なので嫌いだった。

仕事内容や社風については、ガチガチに管理されるのではなく、ある程度任せられるほうが自分には合っているように思えるため、その観点からも求人を探していった。

勤務地については、名古屋に住み続けることへのこだわりはなかった。名古屋は都市の利便性、高すぎない人口密度、自然の豊かさを同時に享受できる場所であり気に入っていたけど、その地に特別なこだわりがあるわけでもない。また地元の近くに戻り、友達と気軽に遊べるようにしたい気持ちもあった。人が多すぎて家賃も高くて辟易（へきえき）した実体験のある東京は避けたかったが。神奈川、埼玉、千葉、あるいは静岡あたりが候補だ。

埼玉の会社に内定

のんびりとした無職生活を送りつつ、先のような条件と照らし合わせながら就職活動を進めていった結果、アリかもしれないと思えた求人が見つかった。それは次のようなものだった。

・フレックスタイム制

・システム開発に関連する仕事であり、経験を活かせそう
・仕事の進め方やそれ以外の規則もゆるそう
・服装はビジネスカジュアルならOK
・勤務地は埼玉県

今度はベンチャーではない。かといって1社目のような大企業でもない。大企業のグループに属してはいるものの、その中でシステム開発や運用、その他いくつかの機能を担っている専門会社的な立ち位置の会社だ。

業界にも、興味がないこともない。積極的に興味があるというと言いすぎだけど、まったくの無関心でもなくて、興味をそそられる面もある。

勤務地が埼玉県なのもいい。東京の隣ではあるけど、東京と比べたら家賃相場がだいぶ安くて（名古屋よりは高いが）、家賃として払ってもいいと思える範囲の賃貸に住んでも自転車通勤できそうだ。

フレックスタイムを使って昼に自転車で出社することができそうだ。スウェットとはいかないまでもスーツを着なくていいし、革靴を履かなくてもいい。

アリじゃないか。すっごくアリじゃないか。

ということで求人に応募したら書類選考を通り、何度か埼玉に呼ばれて面接を受けた結果、めでたく内定を得ることができた。名古屋での無職生活を始めてから約2ヵ月が経過した頃だった。

貯金が尽きる前に仕事を決められた。

　僕の目には、この3社目の会社は、1社目と2社目のいいとこ取りをしているように思えた。制度や仕事の進め方は2社目の前半に近い。一方で組織としての成熟度は1社目に近い。つまり、2社目でしばらく享受できたような束縛の少ない環境を、3社目ではより長く享受できるのではないか。2社目は新規事業という段階にあったため変化が激しく、1年程度で制度も仕事内容も様変わりしてしまったが、3社目ではそういうことはないはずだ。

　また、給料は1社目を超えた。2社目で大幅に下げていたものの、その給料をベースにするのではなく、1社目をベースとしつつ、2社目で規模は小さいとはいえ経営者に近い目線で（実際には僕は労働者目線で働いていたけど、客観的に見れば、経営者に近い立ち位置での仕事ではあった）事業全体に関わりながらシステム関連の仕事をしてきた経験が評価されたのだ。

　僕は給料に関してはそこまで関心がなくて、必要十分な生活が送れる程度の金をもらえればそれでいいや程度に考えていた。それは1社目と2社目の経験が大きい。1社目は大手企業で、同年代の平均よりも多い給料を得ていたけど、それが何ひとつ自分の幸福には寄与せず、逆に不幸だった。給料大幅減の2社目のほうが日々の幸福度ははるかに高かった。そんな実体験を経て、お金なんて所詮は幸福に生きていくための手段にすぎなくて、手段として必要なお金はそこそこで十分だよなと認識するようになっていた。

　とはいえ、だ。多く稼げるのならそれに越したことはない。貯金を増やしておけば、今後また無職になったとして、無職期間を長く過ごせるようにもなる。だから「お、給料上がったよ、ラッキー」ぐらいには喜んだ。

またまた母へ連絡

ところで、前回の退職と同じく今回も、僕は家族へ何も言わずに退職した。わざわざ名古屋まで遊びにきてくれた父と母をマイカーでひつまぶしの名店まで案内し、ひつまぶしを振る舞い親孝行をしてから約半年後。息子は再び無職になったのであった。「ひつまぶしを振る舞い親孝行」と書いたけど、会計は父持ちだったかもしれない。よく覚えていない。

毎度のごとく、僕は母へ電話をした。そのタイミングはいつかというと、再々就職先が決まってからだ。また無計画に無職になったと伝えるのは抵抗があり、「まあ、余計な心配を与える必要はないよな。就職先が決まってから状況報告だけすればいいことだ」と判断してのことだ。これも親孝行の一環である。

僕は母へ、何ヵ月かぶりの電話をかけた。

「あ、もしもしー、俺だけど」

「はいはい、どうしたの、元気?」

「うん、まあ元気。ちょっとね、いちおうの共有があるよ」

「えー、またー、今度はなによー」

「あのね、転職することにしたから」

「また⁉」

「勤務地は埼玉で、来月には引っ越すから。実家には近くなるね」

「また転職したの！　もう次は決まってるってこと？」

「うん、だから埼玉だって」

「もー、また転職したのねぇ」

「うん、だからそうだって」


　また転職したという事実に驚いたようで、なかなか話が先に進まない。話を何度かループさせながら、息子がまた会社を辞め、しかしもう次は決まっているのだという事実を母の脳へ浸透させていった。


「じゃあ、埼玉へ引っ越すのね。せっかくなら家にも寄れば？」

「うん、そうしようかな。次の会社で働き始める前に、１回帰るよ」


　その後もいろいろと、転職する理由や次の会社の話などを雑談してから、数ヵ月ぶりの母との電話を終えた。

　再々就職先を決めた後で報告した判断は正解だった。そうすることで、母にとっては今回の報告は「息子が実家近くへ戻ってくるよい知らせ」になったはずだ。もし次が決まっていなかったら、「30歳にもなってまだ息子は人生に迷走しており生活が立ち行かなくなりそう、という悪い知らせ」になっただろう。

母へ何かを報告したところで議論になることはまずない。だから僕が気にしているのは、自分の意思決定の妥当性を強く主張して納得してもらうことではなく、いかに心配をかけないか、その一点に尽きる。そしてその一点で僕はうまくやったつもりである。

第9章　3社目、激務に飲み込まれる

即戦力として入社

わずか1年2ヵ月で名古屋生活の幕を閉じた僕は、新たな会社への勤務に備えて埼玉へと引っ越した。

名古屋へ引っ越した際は「新しい生活を始めていくぞ！」という感じで、期待と不安が入り混じりながら気合が入っていたのだけど、埼玉への引っ越しでは、そういう気合はあまりなかった。場所に関しては、埼玉自体は初めて住むとはいえ見知った東京圏でもある。それに仕事に関しても、新卒で入った一般的な企業から未知のベンチャーへの就職であった前回と比較すると、今回はある程度は想像がつく一般的な会社への3回目の就職でもあった。前回を「場所も仕事も未知の世界への挑戦」と表現するなら、今回は「既知の世界への回帰」といえる。

つまり僕は、一度死んだつもりになって思い切った挑戦をしてみたものの、結局、回帰したわけだ。あるいは撤退と表現してもいい。悔しいけどその表現を認めざるをえない。完全に元通りではなく、挑戦することで積めた経験を活用して、可能な範囲で自分に合っていそうな方向への調整を施したつもりではあるが……。

現実なんてそんなものだ。くり返しだけど、ここは小説の中の世界ではないのだから。小説なら、「もう死んだほうがマシである」とまで思い詰めたことで人生を振り切って、新天地で挑戦し、その挑戦を経て成長して起業して社長になって上場だろう。

しかし現実はそううまくいかない。思い切って新天地で挑戦をしてみたものの、時が経つにつれて新生活が日常化していく。そして人間はそう簡単には変われない。もともとの気質が作用して以前の日常にまた吸い寄せられていく。

まあ、とにかく、今回は以前の日常方向への回帰あるいは撤退であったため、あまり緊張することもなく、初出勤の1週間前ぐらいに淡々と埼玉へ引っ越して、淡々と新生活の準備を進めていった。実家へ帰省して母にも会ってきた。岐阜から地元の神奈川へ一足先に戻っていた高校からのお馴染みの友達と池袋の居酒屋で飲みながら、「ついこないだまで名古屋で遊んでたのに、お互いまた関東だなあ。会社で働くって大変だよなあ」なんて笑い合ったりしながら、初出勤までの時間を過ごしていった。

そして初出勤の日を迎えた。

前職では初日から22時まで残業したわけだけど、今回はそんなことはなくて、社内のルールや設備などの研修を受けていたら定時になり、普通に退社して初日は終わり。

その後は、いつの間にか僕も即戦力を期待される30歳の中途入社者になっていたので、入社して2日目にはもう実務に入った。

いきなり1人で案件を任せられるわけではなく、最初は上司の案件にサポートとして入りながら会社独自の仕事の進め方を学んでいきつつ、徐々に1人で進めていく、という段階を踏んでいった。良くも悪くもいきなりビジネスの現場に放り込まれて、「さあ、バリバリと頑張りましょう！」というのが前職であったから、それとは大違いだ。前々職の大手企業を思い出させるような、ていねいな滑り出しだった。ちゃんと仕組みが整っている大人な環境に、僕は撤退してきたのだ。

ごく常識的な形で中途入社者として組織へ入っていき、常識的な形で徐々にその環境に慣れていったので、その過程についてはあまり書くことがない。あまり事細かに仕事へ慣れていく過程を書いても、面白いエピソードみたいなものは出てこない。平凡に仕事をしながら、平凡に少しずつ慣れていっただけだ。

ということで、一気に時間を3年後まで飛ばしてしまう。

3年後、驚くほど会社に順応

3社目に入社して3年後――。33歳の頃。
僕はこの会社の仕事内容や仕事の進め方、その他会社の制度にすっかり適応し、自分でも驚くぐらい前向きに仕事に取り組めるようになっていた。

ここまで読んでくれている読者の中には、「え、本当⁉ あなた、会社員をやれるようなちゃんとした人間ではなかったじゃないか」と驚く人もいるかもしれない。でも、少なくとも自分の感覚において、僕はすっかりこの埼玉の会社に適応できてしまった。

もう中途入社してから3年も経過したというのに、1社目のときのように「こんな生活を続けるぐらいなら死んだほうがマシだ」と思うこともなければ、2社目のときのように仕事の状況が様変わりして大幅に自由を失うこともなく、自分に合っていると思える仕事内容や仕事の進め方を維持できていた。

細かいところでムカつくことはいろいろとあった。役員へのプレゼンを事前に課長に対しておこない、課長から指摘を受け、次に部長にプレゼンしたら部長からはまた別の指摘を受け、ようやく本番の役員へのプレゼンをしたらそもそも出発点の段階で全然ポイントがズレていてやり直し、みたいなしょうもない経験も何度かした。役員とはいえ社内の人間なのだから、最初からさっさと役員にプレゼンすればいいのにとすごく思った。「打ち合わせのための打ち合わせ」という日本の会社によくある無駄がこの会社にも存在していた。そういうのは前職のベンチャーには存在していなくて、1社目以来だったから、「またこういうのかよ……」と辟易(へきえき)した場面はけっこうある。

でもトータルでは、いろいろと不満はありつつも、自分の能力で採用してもらえる会社の中では、これ以上はないのではと思えるほど僕に合っていると感じられた。現実的に考えてこの会社でも無理だったら、もう本当に自分に会社員は無理だろう。そう思えたほどだ。

古くさくてウンザリする面はありつつも、フレックスタイムをフルに活用しながら自分の案件を自分の裁量とペースで進めていける環境で、それが僕にはやっぱり合っていた。

10時の出社を基本としつつも、自分の裁量で8時に出社してみたり、昼に出社してみたりなどでやりたい放題していた。知る限り、僕ほど出社時間をコロコロ変えている人はほかにいなかった。

月あたりの労働時間が１６０時間（法定労働時間）に到達するのであれば、7時から21時の範囲で何時に出社して何時に帰宅しても各自の自由であり、その制度がとてもよかった。

オフィス内に社員食堂がある環境で、そこでは５００円でちゃんとした定食を食べられる。だから11時に出社して1時間だけ仕事して、社員食堂でご飯を食べてから帰宅した日もある。

オフィス内で仕事をする場所に関しても、いちおう自席はあるものの、そこに座っている必要もなかった。食事時間後の空いている食堂や、あるいはオフィス内にカフェもあったので、ノートＰＣを持ってそういう場所で仕事をしていても問題なかった。ノートＰＣとスマホが各自に1台ずつ貸与されているので、誰かが僕に用がある際はスマホに電話をしてくる。だから自席にいる必要がなかった。僕はよくカフェでコーヒーを飲みながら仕事をしていた。前々職はノートＰＣではなくデスクトップＰＣであり、携帯の貸与もなかったため、休憩時間と会議時間以外は自席に拘束されており、それが窮屈で仕方なかった。

1社目の頃は、よく晴れた青空の日に無機質なオフィスビル内の机の前に拘束されながら、

「もしかして俺って、もう老人になるまで平日昼間に青空の下を散歩することすらできないのか……？」と絶望的な気分になったものだ。一方の3社目では（2社目でも）、よく晴れた平日昼間に外を散歩したければフレックスを使うなり外出の予定を自分の裁量でつくるなりでけっこう自由にできて、その自由が最高だった。

仕事の状況的に余裕がある時期なんかは、早く帰る日が多すぎて160時間に届かなくて、管理職に呼ばれてお叱りを受けたこともある。あまりそういうことをくり返すとフレックスタイムを取り上げられかねないので、ちゃんと反省して、月末になると仕事もないのに会社に残り、ネットサーフィンをしながら勤務時間を積み上げて労働時間の帳尻を合わせる給料泥棒をしていたこともある。

そうやってネットサーフィンしながら帳尻合わせの残業をしていても、それに対しては管理職から何も言われなかった。最低限のルールは守りつつ、やるべきことさえやっていればそれでよし、みたいなゆるい環境だったからだ。

いちおうは勤怠管理システム上の出勤時間と退勤時間で勤務時間を測っており、システム上ではちゃんと月160時間以上働いた形にならないと問題が生じるものの、勤務時間中に実際にちゃんと仕事をしているのかはまったく管理されていなかった。昼休憩以外の時間でもオフィス内のカフェへ行き、同僚と雑談していても誰にも何も言われない。ときには課長と勤務時間中にカフェで雑談していたこともある。「余裕あるなら、カフェでもどう？」みたいに課長から誘われたりする。とにかくやることさえやっていればいい環境だったのだ。勤怠システム上の労働時間以外の面では、時間も場所も全然管理されなかった。

昔ながらの形式的で非効率的な面と、やることさえやっていればいい自由な面が混在している不思議な会社だった。親会社は大企業なので、そこと合わせる必要がある部分は形式的な面が多くて、独自に決めていい部分はベンチャー企業であるかのように柔軟に、ゆるく、適当に。そんな感じの会社だった。

月160時間に勤務時間が満たなくて給料泥棒できるような暇(ひま)な時期は年にざっくり2ヵ月ぐらいで、それ以外は月20~40時間ぐらいの範囲で残業はしていた。それでも、たとえ残業をしていたとしても、「毎日9時から18時までは必ず仕事。その後月20時間の残業」な環境と、自分の裁量で時間を決めて働いた結果の月180時間労働（160時間を超えた20時間分が残業扱い）では、後者のほうが日々に対する自分なりの納得感があった。

自分の得意分野を活かして働く

仕事内容についても簡単に触れていく。

3社目の会社でも、1社目、2社目と同様にシステム開発に関わる仕事をしていたのだけど、それまでとはだいぶ役割が違っていた。

1社目と2社目では、自分で手を動かしてシステム開発の実務に関わってきた。1社目では設計書を書いたりプログラムを書いたり検証したりなど。2社目ではそれらはしていないものの、開発すべき機能の整理をしたり（要件定義と界隈（かいわい）では呼ぶ）、プログラマーにつくってほしい機能を伝えたり、つくられたものを業務の現場で確認したりしていた。

一方の3社目では、システム開発に関わる仕事ではあるものの、開発の実務は担当しなくなった。では何をしていたかというと、すごく要約して表現するなら、

・いろいろな関係者にいろいろなことを説明して理解してもらい、プロジェクトを進める上での課題を解決していく
・システム開発の品質、進捗（しんちょく）、予算を管理する

というようなことばかりしていた。

いわゆる「プロジェクトマネジメント」に近い。ただこの言葉は意味が広くて伝わりにくそうなので、要約して「いろいろと説明」と「いろいろと管理」みたいな言い方が、僕の仕事内容の表現としてシックリくる。

開発に入る前は「どんな課題を解決するために、いくらお金をかけて、どんなシステムをつくるのか。この開発がもたらす効果は何なのか」みたいな内容を整理して、お金の決定権を握っている役職が上の人たちに説明していた。

また開発に入ってからは、具体的な細かい開発内容というよりは、プロジェクト全体の課題を整理しながら、状況に応じて関係する人たちにいろいろ説明したりしていた。

システムをつくる側というよりも、システムを使ってビジネスをする側の立ち位置に近かったように思う。

ここまで触れてこなかったけど、大学時代および1社目での経験から、僕にはシステム開発の実務は向いていないのだと悟っていた。特にプログラミングなんかは、センスある人の能力を目の当たりにしていく中で「これは努力でどうにかなるものではない。向き不向きが強烈にある特殊スキルだ。こんな特殊スキルを自分がやったところで落ちこぼれて苦しむだろうから、自分はほかの役割に逃げよう」という方針をこっそり立てていたのだ。

大学時代ですでにプログラミングへの適正のなさと興味のなさはわかっていたつもりではある。しかしNTTブランドへの漠然とした信頼感に惹かれて、よく考えることなくなんとなく新卒でSEとなり、仕事をしていく中で、本当に向いていないし興味も持てないと再確認できた。だから2社目では開発実務の色合いを薄くした。具体的には、システム開発に関わりはするものの、自分でプログラムを書くわけではなく、開発すべき機能を整理したり、それをプログラマーに伝えたり、現場で使えるかテストしたりなどをする役割へ意図的にシフトしていった。

さらに3社目では、前述の通りもはやシステム開発というよりも、システムを使ってビジネスをする側へもシフトしていった。

3社目で仕事をしていく中で、自分は物事を整理して人に説明するのが得意であることに気づいた。自分としてはごく平凡な仕事を普通にやっているつもりなのに、周囲から評価される機会が多かったからだ。その気づきを得てからは、意識的にしゃべったり書いたりして説明する役割を担うようになり、すると経験値がたまってますます得意になり、ますます仕事がやりやすくなる好循環にも入れた。

得意なことと苦手なことを自覚できれば、得意なことを中心に仕事を進めつつ、苦手なことはほかの人に任せればいいやと開き直れる。1社目ではプログラミングが苦手でシステム開発の実務能力が低い自分への劣等感を感じていたし、2社目でもプログラミングから逃げたことへの負い目みたいなものがあった。でも3社目ではそのような負い目もなくなり、堂々と自信を持って自分の仕事を担当できる心境になれたのだ。

また、自分がこの仕事をやる意味みたいなものも感じられるようになった。役割分担として、自分が得意な部分を担う。それはとても合理的であり、納得できる。

ここまでの話をまとめると、3社目は、時間や場所が会社員としては自由であり、かつ自分が拠(よ)りどころとする得意なことを発見できて、それを活用して仕事をできるようにもなった。

これってもう、完璧(かんぺき)じゃないだろうか。実に理想的な環境に思える。1社目と2社目で苦労した分、3社目でついに僕は、現実的な範囲での理想郷へたどり着いたのだ。やったぞ。このままこの会社でうまく働き続けることで、僕はきっと人並みの幸せを摑めるに違いない。いろいろと苦労してきた甲斐(かい)があったのだ。よし、もう末永くこの会社で働き続けよう。

……なんてことには、もちろん、ならなかった。

本当に3社目を末永く続けられているのなら、僕は今この本を書いていない。会社員という働き方をやめて、移住もして、生き方を根本的に変えたつもりだからこそ、僕はこの本を書いている。

読んでくれている方は「自分に合った仕事を見つけられたんでしょ？　なんで辞めたの？」と疑問に思うかもしれない。

ということで、その疑問に答えるために、ここから先は3社目が嫌になっていく段階へと入る。

大きなプロジェクトにリーダーとして打ち込む

3社目では、けっこう責任が大きくて、忙しい立場で仕事をしていた。労働時間の帳尻を合わせるためだけの残業をして給料泥棒していた時期もたしかにあったけど、それは1年のうち2ヵ月あるかないかぐらいであり、基本的には月20〜40時間ぐらいの範囲で残業をしながら仕事をしており、けっこう忙しかった。

それでも、入社してから4年近くは、会社の仕事に対して前向きに取り組めていた。時間と場所が会社員としては自由だったし、仕事の進め方も裁量が大きかったから、ここなら自分みたいな社会不適合ぎみな人間でもやっていけると本気で思えていた。ようやく見つけた自分の得意な能力を活かして仕事をすることへの達成感もあった。仕事内容も、1社目のような「全容を把握できなくて、自分が何をしているのかよくわからない」なんてことはなく、自分の仕事が世の中に出ていく状況を実際に体感できていた。もう「自分には会社員は向いていないのだ」なんていう考えは忘れてすらいた。

でも、入社してから4年近くが経過した頃に、恥ずかしながら正直に書くと、僕はふてくされた。

入社してから約2年半が経過した頃から、それまで3社目で経験した範囲の中では最大規模のプロジェクトを僕は担当するようになった。それまでの他の案件では、社内メンバーは自分1人だけか、副担当を入れて2人という体制が大半だった。実開発は外部の開発会社1社か2社ぐらいに依頼し、社内では関係各所へいろいろと説明して調整したり、全体の課題対応をしていた。でもその最大規模の案件では、社内メンバーは自分を入れて6人いたし、外部の開発会社は4社いて、それ以外の関係各社まで含めると10社は超える案件だった。

そんな大きな案件を、僕はリーダーの立場で担当していた。チームの中には自分より役職が上の人が2人いたものの、1人は途中で休職して、1人は親会社から出向してきて役職は高いけど能力も仕事に対するモチベーションもないオジサンだったからだ。

僕はその仕事にすごく打ち込んだ。ピーク時は月に80時間も残業したり、休日出勤もして打ち込んだ。そして自分の役職を超えた過大な責任とストレスを背負いながらも、最後までやり切った。期間は1年半ほどだ。その期間は給料泥棒する暇はなかったし、フレックスタイムを活用する余地もほとんどなかった。

それでも僕は頑張った。完全に会社の仕事が生活の中心と化しており、しかしその状態に充足感すら覚えていた。任せられたこの大きな仕事を最後までやり切ってみせる。それが今の自分の人生における最重要事項である。そのぐらいに意気込んでいた。

仕事以外の時間では、仕事に直結するビジネス書をよく読んでいた。論理思考を鍛える本とか、伝わりやすいプレゼン資料をつくるための本とか、文章術の本などだ。マーケティングなんていうものまで本で学んだ。マーケティングとは、誰にどんな価値をどうやって何円で提供するのか、みたいなことを考えるプロセスらしい。そのようなビジネスの根幹になるような思考プロセスを学び、自分の日々の業務に活かしたかった。

僕は今まで、そんな本はまったく読んでこなかった。存在が目に入ってすらいなかった。僕にとって「本」とは小説か漫画かエッセイか、教養的な好奇心を刺激してくれる人間自体や社会などに関する本を指していたのだから。それが仕事に没頭していくうちに、以前に読んでいたような本は読まなくなり、ビジネス書ばかり読むようになっていった。仕事に役立たない本を読んでいる時間がもったいない、その時間を使って仕事に役立つ勉強をすべきである。そんな思考になるほどに、仕事に打ち込んでいたのだ。

僕は社会不適合ぎみな人間のくせに、ときおり謎に真面目で責任感が強い面を発揮したりする。だから、せっかく見つけた得意な能力を活かしながら、リーダーの立場で担っている大きな案件をちゃんと完遂（かんすい）させることに対して、やたらと気負っていたように思う。

そのおかげかどうかはわからないけど、僕は無事にプロジェクトを完遂した。最大規模の案件を、リーダーの立場で最後までやり切ったのだ。

「会社から都合よく使われただけ」

そして、僕はふてくされた。

プロジェクト完遂後、僕は、自分が果たした役割に対しての対価が見合わないと強く感じた。そしてその感情が自分の中で膨れていくに従い、次のような徒労感も抱くに至った。

「俺は結局、会社から都合よく使われただけなんだよな。給料以上の仕事をさせられて、プロジェクトが完了したらそれで終わり。なんか釈然としないよなあ」

自分より役職が上でもちろん給料も高い人がメンバーに複数いる中で、自分がリーダーとして最後までやり切ったのだけど、かといって役職が上の人たちより自分の給料が上になることはなかった。

そして僕が昇進することもなかった。昇進するには半期に1回付与される評定ポイントを何段階か積み上げる必要があり、それがまだ足りなかったからだ。別に昇進したいわけではないし、気楽な立場で自由にしていたいけど、果たした仕事的には昇進させて給料を上げるのが筋なのではないかと思えた。ごく微増なレベルの昇給はしたものの、同じ職責の範囲での昇給はたかが知れていて、職責が上にならない限り大きな昇給はしない仕組みになっていた。

これまで述べてきたように、僕は給料よりも自分に合った働き方ができて日々の生活に納得感を持てることのほうが重要だとは考えていた。その考えに沿うと、昇進して昇給して、その代わり会社から受けるしがらみが増えて束縛も増すのであれば、昇進と昇給なんてしないほうがいい。それは理屈としてはわかっていたのだけど、気持ちの問題として、不公平な状態が釈然としなかったのだ。「結局、会社に都合よく利用されてるだけなんだよなあ、なんだかなあ……」という気持ち。

昇進・昇給したら束縛度が増して嫌になり、しなかったら不公平感により釈然としないのだったら、もう結局のところ、会社で働くことそれ自体がやっぱり無理っていう話に立ち戻る。

「評定ポイントの積み上げ云々(うんぬん)って何だよ。どう考えても今回の仕事一発で昇進させて給料を上げるべきだろ。思考停止して形式的に判断してるんじゃなくて柔軟に考えろよ、頭悪いな。これじゃあ安い給料でただ都合よく使われただけじゃないか。理不尽だよなあ」

「あ、会社員ってそもそもそういう立場だったたっけ……。いつの間にか忘れてしまってた」

「なんで俺、給料に見合わない責任とストレスを背負いながら、週5日間も朝から晩まで必死に他人の事業に人生の時間を捧げてたんだっけ？」

「なんで労働者の俺が、経営者である役員に対して必死にプロジェクトの概要を金のことまで含めて説明して、上から目線の了承を得るために努力しないといけないんだ？　会社のことが自分事な経営者が勝手に決めればいいじゃん。で、労働者へ概要を説明して労働のお願いをしにくればいいじゃん。職責と給料に見合った範囲の労働かチェックして、了承できればやってあげるから」

みたいなことをグチグチと考えるようになっていき、大きな案件を終えて以降、僕は会社の仕事に対するモチベーションを急降下させていった。

結局また会社が嫌になる

それでも仕事は続いていくわけで、通常規模の案件をまた複数担当していったのだけど、以前は前向きに取り組めていたそれらの仕事をすごく苦痛に感じるようになってしまった。

表面的な自由と表面的なやりがいに目が眩(くら)んで約4年間も忘れていたけど、改めて考えたら、月160時間以上もの時間を他人の事業に捧げなければいけないことに変わりはない。たとえフレックスだろうと、自席にいなくてよくても、仕事の進め方の裁量が大きくても、だ。

月160時間以上もの時間を他人の事業に捧げるというその一点だけで自分の生活に対する束縛が大きすぎるし、理不尽なことも多くてストレスが溜まるばかりだ。それは前職までの経験でもうわかっていたはずなのに、なぜか忘れてしまっていた。

どう考えても役職以上の大きな仕事をしても昇進せず、給料も誤差みたいな額だけ増えるのみ。くり返しだけど、僕は別に昇進したいわけではない。むしろ昇進はしたくない。ただ、不公平な状況に腹が立つのだ。特に給料に関する不公平に腹が立つ。生活に必要なお金を稼ぐための手段として会社で働いているのだから、せめてお金は公平にしてほしい。周囲を見渡すと自分より仕事をしていないけど役職は上の連中が多くいて、そいつらは自分より高い給料をもらっている。この不公平な状況に腹が立つ。そんな組織に身を置いているというだけで、もはやイライラしてくる。

いちいち課長からの承認、次に部長からの承認と順に取っていくみたいな形式的な仕事も、バカバカしすぎてもう付き合っていられない。高い給料分の仕事をできないしやることもない管理職に、形式的で無価値な仕事を与えることで、組織の中に高給取りの無駄なポストが維持されていく。そんなクソな状況を維持するのに加担することはいっさいしたくない。こちらは理不尽に給料が低いというのに、理不尽に給料が高いポストを維持するのに加担までするなんて論外すぎる……。

というようなことばかりを考えるようになり、とにかくイライラして、ふてくされていた。

この頃は、自分が勝手に無価値と判断した形式的な社内ミーティングはサボったり、それまでは課長↓部長↓役員の順で会議を設定して対面で説明していた内容も、役員へＴＯ、課長と部長にはＣＣで資料をメール送信し、「ご確認お願いします」で済ませたりもしていた。自分より役職が上の人間が要領を得ない仕事を依頼してきたら、ちゃんと整理してから依頼するように言って突き返すようにもなった。

「役職が上の人間はその分高い金をもらっているのだから、金に見合った役割を果たすべき。自分が肩代わりするようなことはしないし、無意味で形式的な仕事を与えてあげることもしない」という考えを根底に置くようになっていた。

まあ、われながら、職場にいてほしくないやつだと思う。こういう人間は組織の中で昇進させないほうがいい。いずれ組織の和を乱すに決まっている。

当時の僕が言っていることは理屈の上では正しい部分もあったかもしれない。でも現実問題としてそういう組織になっており、その組織に属して賃金をもらう立場を受け入れている以上、郷に入っては郷に従えの割り切りも必要だし、ときには助け合いも必要だ。当時の僕としてもそう考えていたつもりだし、そうしてきたつもりでもある。理不尽に思えることはありつつも、現実的に考えて、「会社員としては働きやすいほうだし、前向きにやっていこう」というスタンスで何年も仕事を続けてこられた。そして大きな案件ではリーダーの立場にもなり、全力で打ち込んだ。

しかし、その大きな案件をやり切っても割に合わない感情がトリガーとなり、僕の表面的なスタンスのメッキが剝がれ、本来持っていた「会社なんて理不尽で不公平でムカつくことばかり」「所詮は他人の事業への労働力提供」「自由を束縛されすぎる」という考えが剝き出しになってしまった。

僕の中には二人の自分がいる。当事者として物事を考えている自分と、そんな自分を客観的に眺めている自分だ。

当事者としての自分の考えは書いてきた通り。完全にふてくされていて、ムシャクシャして、腹が立っていて、仕事をする際には役職が上の人間に対して助け合いの精神を捨て、合理主義一辺倒で機械的に対応するようになった。

一方で客観的に眺めている自分は、「この会社で会社員として働いてるのはお前の意思じゃん。嫌なら辞めればいいじゃん。グチグチとダサいやつだな」と突き放してきた。

当事者の僕は、客観者の僕に対して反論できなかった。その通りだよなって論破された。結局のところ、会社という組織には僕みたいなやつは馴染めなくて、場違いなのだ。場違いなやつがいると双方にとってマイナスの影響がある。さっさと静かに去るべきだ。当事者の僕もそう考え直した。

それに、イライラしながら日々を過ごすのがもう限界でもあった。早くこのイライラしてばかりの生活から離れ、再びのんびりした無職生活をしたくてたまらない。散歩してカフェへ行き、読書して、ラジオを聴き、また散歩して帰宅して、家でアニメ鑑賞でもしていたい。

そして、僕は辞表を提出した。ふてくされてから約５ヵ月後で、２０２０年１月のことだった。３社目に中途入社してから４年と５ヵ月が経過していた。

「どうしていつもこうなるんだろう」

もう、いい加減に今度ばかりは会社員という働き方そのものを辞めるつもりだった。会社で働く→最初のうちは働ける→徐々に嫌になってきて辞める、という過去に2回経験済みのことをまたくり返そうとしているわけだから。「2度あることは3度ある」という言葉の通りだ。そしてもちろん、3度あることは4度目もあるだろう。ならいい加減、3度目を最後に会社員という働き方そのものを辞めるしかない。

毎度のように、会社を辞めてからの具体的な計画はない。週5日間も朝から晩まで賃金労働者をしながら、そのかたわらで辞めた後のことまで考えるという器用なことが僕にはできないのだ。

しかし今回は、幸いにも3社目で仕事をした4年5ヵ月もの時間の中で、何年かは生活していけるだけの貯金ができた。ふてくされていた約5ヵ月間を除いて前向きに仕事をしていたので、1社目のときのような鬱憤(うっぷん)晴らしの散財はしていなかったからだ。頭の片隅で「もしまた無職になったとしても、ある程度は生活していけるだけの貯金はつくっておきたい」という気持ちもあったから、なおさら余計なお金は使わないようにもしていた。しかも年収は、2社目はもちろん1社目も上回っていた。これらの相乗効果により、それまではろくに貯金できなかった状態から一転、年に200万円以上は貯金できるようになっていた。

まずはとにかく会社を辞めて、身も心も解放された自由で清らかな無職になり、本来の自分に戻り、貯金を食い潰しながらその後のことを考えようと思っていた。無職になれば再びのんびりした日々を過ごせるし、その日々がいかに自分へのリラックス効果に溢れているかを実体験として知っている。その日々の中でまた考えればいいや、貯金はあるし。そんな楽観的な考えしか持っていなかった。

会社を辞めると決めてから、すぐに直属の上司と2人だけの会議を設定し、その場で会社を辞めることを伝えた。これで会社を辞めるのは3回目なのでもう慣れたものだ。淡々と伝えて淡々と去ろう……と思いきや「あーあ、ここでの仕事も結局は無理だったのか……」なんて感傷的な気分になったりもした。

1社目を辞める際は、とにかく退屈で苦痛で、歯車として働いている感覚しかなかったので何の思い入れもなく、事務的に雇用契約を解除するぐらいの気持ちしか抱かなかった。

2社目はそれより思い入れはあったものの、1年2ヵ月しか勤めなかったし、自分ならではの仕事をした感覚もなかったので、「あっという間だったなあ。いろいろと経験できたなあ。さて次に行くか」ぐらいにサッパリした気持ちだった。つまり、1社目も2社目も、会社を去ることに対して未練がなかった。

一方で今回の3社目を辞めると伝えた際は、なんというか、釈然としない気持ちを抱えていた。「自分なりに得意だと思える役割が見つかって、前向きに頑張ってきたし、もっといろいろやれる気もしてたんだけどなあ……どうしていつもこうなるんだろう。なんだかなあ……」みたいなモヤモヤがあった。

たしかに自分に会社員は向いていない。でもそれは自分の向き不向きの問題ではなく、会社という場所が理不尽で非合理的なことばかりのおかしなところだからである。おかしなところに馴染めない正常な自分が、どうしていつも苦労しないといけないのだ。そんな逆恨みみたいな感情も正直言ってあった。

そうやってモヤモヤしつつも、「会社を辞めます」と直属の上司へハッキリと伝えた。すると上司からは「なんとなく、そんな気はしていた」なんてことを言われた。そんな気がしていたのも当然だろう。明らかにふてくされてモチベーションをなくしているのだから。

「辞める理由は?」とか「次は決まってるの?」などの質問に対しては、「いろいろと不満があるし疲れたから、もう潮時(しおどき)だと考えてます」「次のことは辞めてから考えます」みたいな感じで応じた。内心に渦巻いている釈然としない気持ちを隠すかのように、あえてサバサバとした雰囲気を演出しながら……。

想定外の展開

その場は1時間ほどでお開きとなり、翌日。

今度は上司から呼ばれて、再び会議室に2人きりとなった。前日にはまだ準備していなかった正式な退職届を、その日には準備してあった。呼ばれた要件は退職に向けたもろもろの調整に決まっているので、話が始まる前にまず退職届を上司へ差し出した。

「退職届書いたので、渡しますね」

するとと上司は、退職届を受け取る前に言った。

「退職のことなんだけど、退職しちゃう前に、休職してみるっていうのはどう？」

……へ？　休職？　休職って、あの休職？

まったく想定していなかった提案を受けて、僕はまず思考停止した。そして混乱した。

「休職って、病気とか家庭の事情がある人が使うやつですよね」みたいなことを聞いた気がする。

それまで周囲で健康や家庭の事情で休職していた人が複数いたので、そういう認識をなんとなく持ち、自分とは無縁のものだと決め付けていた。

上司が言った。

「休職を使える理由は別に決められてるわけでもないから、休職していったん休んでみるのでもOK。いったん休んでみて、その間に考えてみて、それでも辞めたいなら辞めるでいいし、気が変わったら復職でいいよ」

「へえ、そうなんですか……え、マジですか」

僕は困惑した。

休職……？　え、マジでか。考えたこともなかったけど……え、休職？　マジで？

このときの僕の頭の中を文字にすると、まさにこんな感じだ。その発想がなかったので、ひたすら混乱していた。「まあ、しょうがないね。じゃあ、受け取るよ」と退職届を受理された後は、もう切り替えてすがすがしい雰囲気の中で上司と雑談でもするぐらいのイメージだったから、そのイメージとの違いに脳が追い付けなかった。

でも徐々に、「なるほど、休職か。アリかも。もう自分に会社員は勤まらないと結論が出たつもりではあるけど、いったん休んで、のんびりしながらその結論を再確認していくのもいいかも」という思いが生じてきた。潔く辞めるべきだと結論が出たはずなのに、休職という魅力的な話を提案されて、情けないことに心が揺らいでしまった。

改めて自分の状態をなるべく客観的に観察してみると、本来の自分よりもやたらとイライラしているようには思う……。いやいや、「思う」どころではない。明らかにイライラしまくっているぞ。たしかに僕は会社員という立場の理不尽さや不平等さには1社目の時点からイライラしていたけど、ここまでではなかった。せいぜい脳内で上司に悪態をついたり高校からの友達へ愚痴を吐き続ける程度であり、そのイライラを会社内での実際の行動に反映させることはたぶんなかったはずだ。

それがいまや、年齢的にもキャリア的にも成長していてしかるべきであるにもかかわらず、なぜだかこのムカつく気持ちを会社内で行動に反映しなければ気が済まない。ムカついてムカついてどうしようもない。頭の中のブレーキの一部が壊れてしまったような感覚がある。

これは、もしかしたら、病気なのかもしれない。いやわからないけど。病気の知識なんていっさいない。ただ、いったん、のんびりした日々を送り、リラックスしながら改めて考えてみるのもいいだろう。それで結論が変わるとは思えないけど、なら改めて辞意を伝えればいいだけだ。別に失うものは何もない。

ということで、「休職ってアリかも。休んでじっくり改めて考えてみてもいいかも」という考えに吸い寄せられていったのだけど、なんだかカッコ悪い気もした。一度辞めると言ったのに。「もう潮時だと考えています」なんてことをサバサバした雰囲気を装いながら言い放ったのに。それでいて、休職という提案にホイホイと乗るのは、すごくカッコ悪い気がした。だから、その会議の場ですでに休職提案に乗る方向で内心では9割決めていたけど、「せっかくのご提案なので、ちょっと考えてみますね」みたいなことを言って、その日はお開きとなった。


そして翌日。

今度は僕から上司に声をかけて、こう伝えた。

「一晩考えてみまして、休職していいということなら、いったん、そうしてみたいと思います」

かくして僕は、3社目を退職するのではなく、休職することにした。

第10章　休職して考える

「適応障害」の診断

僕はもう34歳になった。もはや「アラサー」ではない。オジサン・オバサンだと思っていたアラサーのことを、いつの間にか若者だと認識している自分がここにいる。そして「アラフォー」という現実味のなかった表現が、じわじわと現実味を帯び始めてきているのを感じる。そんない歳になって、僕は人生で初めて休職というものを経験した。

休職する前には最低限の仕事の引き継ぎをしたほか、メンタルクリニックというところへ行ったりもした。これも人生で初めての経験だ。

メンタルクリニックへ行くことは、上司か、あるいは会社の人事からの提案だったはずだ。メンタルの問題なんて僕はうつ病ぐらいしか知識がなくて、自分がうつ病とは思っていなかったので、そんなところに行く意味なんてあるのかと疑問ではあった。とはいえ、休職制度を使わせてもらえることへの義理を感じて、素直に言うことを聞いて病院へ行ってみた。

たしかに無性にイライラはするし、これを病的な状態と言われれば否定はできない。だったら一度、専門家に診てもらうのもいいだろう。そんな気持ちもあった。

病院では、医者から聞かれたことに素直に答えていったところ、「適応障害」なる病気と診断されてしまった。

病院で受けた質問は多岐（たき）にわたり、すべてを書くと長くなるし、そもそもすべてを覚えてはいないのだけど、要約すると「会社で働いているときに、周囲の人と比べて自分はすごくストレスが溜まってイライラしているような自覚はありますか？」みたいなことをいろいろな角度から聞かれた。そして回答も要約すると「はい、まさにそれです。超自覚あります。会社は腹が立つことばかりです」なんて感じで答えた。その結果「適応障害」との診断を受けてしまった。

適応障害と言われても「なんですかそれ？」という感じだ。聞いたこともすらない。どんな障害なのか説明を受けたり自分でもネットや本で調べてみたところ、適応障害とは、その名の通り「状況に適応できない障害」と理解できた。

もう少し細かく書くと、「世間一般の基準と照らすと適応できそうな環境に、性格など個人的な要因により適応できず過大なストレスを継続的に受け続けることで、精神に影響をきたす疾患（しっかん）」とのこと（素人の理解なので、正しい知識とは異なるかもしれません）。

まあ、そう言われればたしかにそうだ。会社組織に属して仕事をするということに対して、人並みよりも無駄にストレスを感じている自覚はある。何か理不尽であったり無意味であったり束縛に思えることがあったとき、周囲は粛々と受け入れているか受け流しているように見える中、僕だけいちいち「理不尽だろ」「これやる意味ないだろ。目的がないじゃないか」「束縛が息苦しい。自由になりたい」みたいなことを考えてしまい、それによって無駄にストレスを感じてきたように思う。それは別に会社組織に限らず、学校組織でもこれまでの人生で散々苦しめられてきたことでもある。

　いちいち考えなければいいのだから、考えるのをやめようと思ったことも実はある。でも、無理なのだ。考えようと思って考えているのではなくて、脳がそういう思考を自動的にしてしまうからだ。理不尽、無意味、束縛などに脳が反発するのは、僕にとってもはや生理的反応に近い。そして無意識の領域である生理的反応を意識で止めることはできない。

　だから、会社で働くということに適応できない適応障害と言われると、「たしかにそうだ」と納得できる面はある。でも、それによって心の病と呼べるほどの状態に自分が陥っているのかというと……どうなんだろう、わからない。たしかに無性にイライラしてカリカリしているけど、それは心の病ではなく事実として会社のあれこれがムカつくからにほかならない……あ、そうやってムカつくこと自体が適応障害の症状なのか？　以前はここまでイライラはしていなかったはずだし。

　なんて混乱はしつつ、まあ、医者が「あなたは病気です」と診断したのだから、それでいいやと僕は開き直った。診断があってもなくても僕自身が何か変わるわけでもない。それに病気だと診断してくれるのなら、健康保険から「傷病手当金」というお金が休職中に受給できる。ざっくり計算で、休職中に給料の3分の2ぐらいもらえてしまう。休職中は貯金を切り崩すつもりだったので、棚からぼたもちが降ってきたようなものだ。

ということで、傷病手当金を受給しながらの、僕の休職生活が始まった。

会社員はもう無理

休職中に「今後、どうやって生きていくか」という問いに何かしらの回答を用意したい。そこへ回答を用意できれば、復職するか退職するかも改めて結論が出るだろう。

ということで、休職期間中は日々「今後、どうやって生きていくか」について考えを深めていった。外を散歩したり、カフェでのんびりしたりしながら、頭の中で「どうするかなあ」とぼんやりと考えを巡らせて、帰宅してからそれを文章に書いて整理したり。そんな日々を送っていた。

改めて考えていく中で、会社を辞めることに変更の余地はないことを僕は再確認した。実際に退職届を出したわけで、そこまでの判断に至った考えは、のんびりした日々の中でじっくりもう一度考えたところで何も変わらなかった。

僕にとってはもう、お金を稼ぐために週5日間も朝から晩まで他人の管理下に置かれて、他人の事業へ労働力を提供する状態自体が嫌なのだ。管理をゆるめる方向性や、自分の人生の時間を捧げる意味を見出せる仕事内容を求める方向性はすでに模索して、実際に経験済みだ。その経験を踏まえての結論であるから、もうこの結論が変わる余地はない。

会社組織に溢れている理不尽、無意味、無価値、束縛、非効率などにもいい加減にウンザリだ。これ以上はもう合わせられない。ストレスで心身をおかしくしてしまう。というか、もう、おかしくしてしまった。適応障害という診断を実際に受けるに至ったのだから。

会社組織の中には「自分の意見を考えて主張するよりも、波風を立てないように周囲に同調することをよしとする空気」があり、その空気にもウンザリだ。自分の意見を考えて主張するからこそ、自分が働く意味が出てくるのではないか。それをしないのなら、代替可能な機械と変わらない。代替可能性こそ労働者のあるべき姿なのかもしれないけど、そうだとして、そのあるべき姿に僕は合わせられないし、合わせたくもない。

約10年間、計3社に身を置いて働いたり、取引先などで数え切れないほど多くの会社とも一緒に仕事をしてきた。そうやって多くの会社組織を、実際に仕事を通して知った上での、これが僕の結論だ。僕に会社員は向いていない。そしてこれ以上はもう続けられない。


では、どうやって生計を立てていくか？　次に考えるべきはその問いになる。

まずは第一に、会社員ではない働き方をいろいろと考えてみた。フリーランス、個人事業主、起業して経営者になるなど。

3社目へ入社する前の無職期間にも、会社員以外の働き方は考えたことがある。でもその際は「消去法で考えてるだけで、積極的にやりたいわけでもないしなあ……面倒くさいなあ」なんていう怠惰な思考をして、結局は「転職して別の会社で働く」という結論になったのだった。消去法の後ろ向きなスタンスで未知の道を試行錯誤しながら進むのがおっくうすぎたので、向いていないとわかりつつ既知の道を選んだのだった。

3社目へ入社前の時点ではそういう結論になったのだけど、もう本当に会社員は続けられないのだという結論がハッキリした現時点で、改めて考えてみた。

――考えてみた結果、やっぱり会社員以外の働き方をしていくのも、それはそれでひどくおっくうに感じた。

もう、世間からの批判を承知で、ハッキリと気持ちを吐露してしまう。

僕はもう、お金を稼ぐために働くことそれ自体が嫌になっていた。機械のように「お世話になっております」なんて毎日のように言いながら、過剰と思えるほど他人に気を遣い、お金のことや他人のニーズのことばかり考えるのに嫌気が差してしまっていた。

部屋の本棚には、いつの間にかビジネス書ばかりが並んでいる。論理思考、プレゼン資料術、文章術、マーケティング云々……。なにがマーケティングだよ。僕は本当はそんなもの好きではないのだ。いちいち分析的な思考をしながら他人のニーズを満たす物やサービスをつくってお金を稼ぐ営みが、本当は面倒でたまらない。自分が意義を感じられることだけをやっていたいのだ。

多く稼いで、多く消費することが幸福？

そもそも、なぜ働かなければならないのだろう。もう世の中には物やサービスが溢れているというのに。溢れすぎてうるさいぐらいだ。さらに物やサービスを増やすよりも、むしろ減らしたほうがいいぐらいに僕には思える。

個人的には、図書館で本を借りて読んだり、のんびりと散歩したり、景色を眺めたり、ラジオを聴いたりアニメを観たり、友達と楽しい時間を過ごすだけで満足だ。

いや、もちろん、お金をたくさん使い、多くの娯楽や快楽を享受できるとしたら、それはそれで楽しいのかもしれない。でもそのために、これ以上はたいして必要とも思えない物やサービスをつくってまで他人のニーズを満たしてお金を稼ぎたいのかというと、どうにもそうは思えない。「うーん、なら、いいかなあ……」となる。お金を使って楽しむ行為の代償には、お金を稼ぐ行為が必要になる。

自分の価値観と照らして意義を感じない物やサービスを、時間も場所もやるべきことも指図されながらつくり、その行為のストレスが大きすぎて心を病む。そこまでしてお金を稼ぐ。その代償を考えたら、たくさんお金を使って消費者として手軽に娯楽や快楽を享受して楽しくなるよりも、読書、散歩、アニメ鑑賞、友達と遊ぶ、そのあたりでいいのではないか、という気持ちに落ち着いてくる。

たくさん働いてお金を稼ぎ、稼いだお金を使ってたくさん消費する。もはや「稼ぐこと」と「消費すること」それ自体が目的であり、その循環をすることが現代人の正しい生活様式みたいな風潮もある。多く稼げる人は偉いし、多く消費して楽しむことこそ幸福である。そんな風潮だ。その風潮に沿って、いきいきと仕事をして稼ぎ、消費して楽しく便利に幸福になれるのだったらいい。でも実際は、お金を稼ぐための仕事に人生の大半を捧げて疲弊して、幸福になるためではなくストレス発散や満たされなさを紛(まぎ)らわすための消費をしている人が、世の中に多いように感じる。そうして消費してしまうので、ますます稼がなければいけなくなって、ますます疲弊する。

僕自身、1社目のときはまさにその状態だった。転職を経るにつれて状況はやや改善されてきたようには思えるものの、それはあくまで改善であり、問題解決をしたわけではない。そうしている間に心身がおかしくなり適応障害と診断され、休職するに至ってしまった。

そもそも、人間の幸福って、多く稼ぎ、多く消費して楽しむ循環の中に本当にあるのだろうか。そういうことよりも、のんびりと自然を感じたり、物を考えたり、大切な人と一緒に時間を過ごしたり。そういうところにこそ幸福はあるように思える。

こうやって改めて「働く意味」みたいなことを、幸福なんていう概念まで持ち出してイチから考えていくと、すごく疑問だ。なぜ人生の大半を捧げて疲弊して、適応障害なる診断を受けるに至るまで僕は働いてきたのだろうか、と。

いつの間にか目の前にある会社の仕事に没頭していて、その間は充足した生活を送れていたのだから、それはいい。そのまま没頭し続けていられれば、それもひとつの幸福の形だと思える。

しかし、実際はそうはならなかった。目が覚めてしまい、心を病み、休職した。

気持ちの本当のところでは、無理をしていたのかもしれない。会社員に向かない気質は何も変わっていないけど、生きていくにはお金を稼ぐ必要があり、その現実的手段としては会社で働くしかない。だから無理やりにでも、仕事内容に対しても、それを自分がやることに対しても、意義を見出していた。「この仕事にはこんな意義があるのだ」「自分が得意な能力を使えているのだから、自分がやる意義があるのだ」と。

でも、改めて、本当にもう、自分に正直になってしまおう。僕は自分の担当してきた会社の仕事にとりたてて意義を感じていたわけでもないというか、もう本当に正直に言ってしまうと、「別にこんなサービスをいちいちつくったところで会社が一時的に潤うだけで、世の中にはほとんど何の価値もないよなあ……」って、思っていた。

たしかにこのサービスがあると若干便利にはなる。でも、だから何だというのだ。別になければないで何も困っていないのだから、それでいいじゃないか。わざわざ現状から無理やり問題を見つけてきて、それを解決し、会社は一時的な利益を上げる……で？　会社はうれしいだろうけど、僕個人は別にうれしくもなんともない。無意味なことをした徒労感ばかりだ。

資本主義社会で生きていくには利益を上げ続けることが重要であり、そのためにも新しい物やサービスをつくり続けるべきなのだろう。でも、そんな社会構造に従ってたいして必要とも思えない何かを会社に束縛されながらつくり続けていくのに、僕はもうウンザリなのだ。

たぶん、これが僕の気持ちの本当のところだ。しかし、こんな気持ちを直視してしまったら、目の前の仕事をやっていけなくなる。生活のためにも働いて稼ぐ必要があるのだから、無理やりにでも「この仕事には○○な意義があるんだよなあ！」とセルフ洗脳しながらどうにかやってきただけだ。

それが本当の正直なところなのだ。なのに自分の気持ちをごまかして無理を積み重ねていき、決壊しておかしくなって休職したのが現在地。大きな案件で対価が割に合わなかったことだけが原因なのではない。それまでの積み重ねがあった上での最後のダメ押しだったのだろう。休職中のあり余る時間を使って改めて振り返ってみると、その事実が見えてくる。

年150万円稼げば生きていける

自分の気持ちをごまかしながら、週7日しかないうちの5日間も朝から晩まで働いて、残業もして、年収600万円以上を稼ぐ意味っていったいなんなのだろう。質素にのんびり暮らしていれば年間200万円、いや、もしかしたら100万円もあれば生活できるかもしれないのに。

自分の気持ちに沿った納得できる生活を実現するためにも、ある程度のお金は必要だ。そのためには、自分の気持ちをごまかしてでもしっかり働き、しっかり稼ぐ。そして仕事に生活を支配され、仕事に関係はないけど好きだった本を読めなくなり、散歩したり友達と遊ぶ時間もほとんど取れず、ストレスを溜め込んで心を病み、むしろ納得できる生活から遠ざかっていく。なんだこれは。バカなのか僕は。いろいろとツッコミどころがありすぎる。しかしこれが僕の現状だ。手段と目的を取り違えてしまっている。

冷静に、手段と目的を取り違えることなくイチから考えよう。僕にとっては、のんびりと散歩したり、仕事の役には立たなくてもいいから好きな本やラジオやアニメに没頭したり、友達と遊んだりして生きていくことこそが目的だ。そういう暮らしをしたいのだと気持ちの部分で感じられている。

その背景には前述したような、お金を使ったらその分だけ稼がないといけなくなり、それがつらいのだという打算的な気持ちもある。でもまあ、自分が今生きている資本主義社会の現実をちゃんと踏まえた上での気持ちとしては、こういう質素でのんびりした暮らしを僕はたしかに欲している。実際、過去に2度経験した無職期間では、その通りの生活にごく自然と吸い寄せられていた。

そして余計な消費をせずシンプルに自分の目的に沿った日々を暮らすのなら、せいぜい年間に100万円か、ある程度余裕を見ても150万円もあれば生活できてしまうと思える。であれば、お金稼ぎは手段として年間150万円稼げばいいという話になる。生きていく上では予期せぬ出費が生じることもあるだろうけど、150万円というのは余裕を含んだ上での金額だから、十分だろう。

年間150万円を月換算すると12万5000円だ。仮に時給1000円のバイトで稼ぐとすると、月に125時間の労働が必要になる。あれ、けっこう多いな……。それならあと35時間プラス残業分ぐらい働くことで年収600万円以上稼げる今のほうがマシに思える……いやいや、だからそれだと手段と目的を取り違えてしまうんだって。

すべてを時給1000円のバイトで賄（まかな）おうとするのではなくて、何かやろう。自分なりにやれること、やりたいと思えることをやる。つまり、他人がお金稼ぎのために無理やり見つけてきた社会の不足に対して、他人に管理されながら対応するのではなく、自分の価値観に照らして本当に不足していると思えることに対して、自分の裁量で、自分の特技を活かして何かやる。既存の「仕事」にとらわれることなく。

既存の「仕事」にとらわれるとハードルが高くなる。起業だの個人事業主だのフリーランスだの、そういうワードを使って「仕事」を考えていくととたんに嫌になってくる。もっとシンプルに、自分がやれること、やりたいと思えることをして他者へ価値を提供する。その対価にお金をいただく。そういう純粋な営みを実現すればいいだけだ。別に年収何百万円も稼ぐ必要があるわけではない。たったの150万円だ。それでもどうしても生活が成り立たないのなら、バイトなりを最低限したっていい。その方針で考えてみよう。

休職期間中に、僕はこんな内容のことを考えていった。時間に余裕のある日々の中で「そもそもなぜ働く必要があるのか」についてイチから考えた結果、あくまで手段にすぎない「お金稼ぎのための労働」に生活を支配されている実態を改めて強く自覚し、そこを訂正していこうと思ったのだ。

ということで、復職するのではなく、もう会社は辞めることにした。

前述したような「自分がやれること、やりたいこと」の具体的な内容はまだ何もイメージできていない。イメージできたところで、それで収入を得られるようになるにはさまざまな課題が出てくるだろう。そんな状態で会社を辞めて無収入となることに対しては、どうしても不安はある。だから、傷病手当金をもらいながら休職しているこの期間のまま、新しい生活への試行錯誤をしていきたい気持ちはあった。かなりあった。そのほうが経済的に安心だし、うまくいかなくても復職するという退路がある。

でも、かなり欲を刺激されつつも、その選択はとらないことにした。後ろめたさを感じる選択をすると、その後ろめたさがずっと頭の中に残ってしんどそうだし、新しい活動へのノイズになりそうだし、退路を断ったほうが活力が溢れてくるようにも思えたからだ。

退路を断ったとしても、別に死ぬわけでもない。新しい生活をどうしてもうまく構築できず貯金が尽きたとして、まあどうにかなるだろう。そういえば僕は、1社目のときに一度死んだのだった。もうすっかり忘れていたけど思い出した。一度死んだのだから、もう思い切ってやるだけだ。

母について

ところで、ここまで折に触れて母と僕の関係について描写してきたことだし、今回も母について触れておきたい。

僕のこれまでをざっと整理すると、公立高校受験から親の金で逃亡し、大学では留年し、新卒で入った会社は無計画に辞めて無職になり、唐突に名古屋へ行くと言いだし、名古屋で再就職したと思ったら1年ちょっとでまた辞めて、再々就職して関東へ戻る。そうして4年以上が経過して、ようやく落ち着いたかと思いきや、今度は心を病んで休職ときた。母からしたら、「いい加減、そろそろ落ち着きなさいよ」というところかもしれない（本人からそう言われたことはない）。

休職したことを、僕は母へちゃんと伝えた。いつものように事後報告だ。とはいえ、「結局また会社で働くのがつらくなっちゃって、今度は適応障害なんていう診断まで出ちゃったよ。だから休職して休養中だよ」

と僕は母へ伝えた、わけではない。

僕は、母へ、自らが心の病気と呼ばれる状態になったのだとは伝えなかった。それは絶対に母へ伝えたくない事実だった。

会社を休職したことは伝えた。それは余裕でサクッと伝えた。「ちょっとねえ、会社で働くのっていろいろ大変だし、休養したいし、気分転換もしたいから、休職してみた」ぐらいの言い方で伝えておいた。

僕は、母に余計な心配をかけたくないのだ。母は母の人生を充足させていてほしい。僕だってもういい大人なのだから、いろいろと人生に迷走している感じではあるけど、それでもどうにか自分なりに自己責任でやっていくだけだ。自力でどうにかするのだから、心配には及ばない。

でも母は僕が心の病に該当する状態になったと知ったら、心配するに決まっている。休職については「あらー、そうなの。なら、一度こっちに帰ってくれば?」程度であろうけど（実際そうだった）、病となると話が変わってくる。

その心配は誰にも何の得もない。母は心配して不安になり疲れる。僕は心配をかけた罪悪感を覚えたり、心配した母から余計なお世話を焼かれたりして面倒くさい。

もとから僕はそういう考え方をしていた。そして僕が休職開始したのは2020年2月で、とりわけこの時期は、僕の心の病と呼ばれる状況なんて母には伝えたくなかった。それどころではなかったからだ。後述するのだけど、この時期、母は自分の人生における最重要事項と格闘しており、僕はそこに、自らの適応障害なる病を持ち込みたくはなかった。

休職中における母の話は、いったん、ここで終える。

「リモートワーク」に飛びつく

2020年4月。休職中に「人間の幸福」なんてところまでさかのぼって改めて今後の身の振り方を考えていき、働く意味やお金の意味も考えていき、その結論として会社を辞めると決めたので、その旨を上司に連絡しようと思っているのと同じ頃。

新型コロナウイルスの影響で、なんと、会社の仕事がリモートワーク化した。

週5日間、終日にわたって完全に在宅でよくて、ちゃんと家で仕事しているかを何かしらのシステムを介して監視するようなこともないとのこと。

マジかよ……。え、マジかよ……！

リモートワーク化の知らせを聞いたとき、僕は心が揺らいでしまった。休職中、人生の根源と思えるところまでさかのぼって深めたつもりの考えを、根底からひっくり返したくなってしまった。つまり、復職したくなってしまった。

もちろん、いくらリモートワークだろうと会社員であることに変わりはない。だから「お金を稼ぐために週5日間も朝から晩まで他人の管理下に置かれて、他人の事業へ労働力を提供する状態自体が嫌なのだ」とか「理不尽や無意味などにこれ以上耐えられない」とか「波風を立てないように周囲と同調するなら機械と同じじゃないか」とか考えているような人間には合わないだろう。場所や時間の束縛はますますゆるくなるし、通勤・帰宅の手間もなくなるけど、そこがつらさの本質ではない。僕はつまり、自分なりの人生として納得しながら生きていきたいのだ。そして会社員である限り、僕は納得できない。それはもう確認済みなはずだ。

しかし……。一方でどうしても「リモートワーク」というものへの強い興味がある。在宅で仕事をできたら働きやすいだろうなあという憧れはありつつも、自分のような総合職のサラリーマンには無縁だと思っていた。なのに、リモートワークを手に入れる努力を何ひとつしていないのに、目の前に「はい、どうぞ。リモートワークです」と差し出されてしまったのだ。これぞまさに棚からぼたもち。手のひらを返して復職したくなった僕の気持ちも少しはわかってもらえるとうれしい。

リモートワークになることで、本質ではなく枝葉な部分であるとはいえ、会社員として働くことのストレスは若干軽減されるはずだ。その環境下でフルタイム正社員に復帰して、働けるところまで働いて、貯金を増やしていくのはどうだろうか。貯金が増えれば増えるほど、退職後の新しい生活を構築しやすくなる。

今まで3社目では約4年半で約1000万円貯金できた。つまり年平均では約220万円だ。

この貯金ペースのまま仮にあと5年働けば、さらに追加で1080万円も増やせる。リモートワーク制度が5年も続くのか不明だし、続いたとしてリモートワークとはいえ自分が会社員をあと5年も続けられるのかも不明ではある。でも、復職してみる価値はある。リモートワークなるものを経験したことがないのだから、試しに復職してみて、もし続けられそうなら続ければいいし、嫌になったらそのときに改めて辞めればいい。

仮にだけど、復職してリモートワークに適応できて、リモートワークが継続もされて、15年も仕事を続けられたとしたら、追加で約3000万円も貯金を増やせる。そしたら貯金が4000万円になる。そして年齢は50歳。その時点から退職して、僕が本当に送りたい生活へ移行したとしたら、もうお金のことを考えなくてもよくなる。貯金を崩しながら質素にのんびり生活している間に、まだ1000万円以上も残っている状態で年金受給が開始する。

まあ、リモートワークとはいえあと15年も会社員を続けるのは無理な気がするけど、行けるところまで行けばいい。リモートワークは経験がないのだから、試しにやってみればいいじゃないか。棚からぼたもち的に降ってきたこの幸運を摑まないのはもったいない。

「お金を稼ぐのはあくまで手段であり、目的は自分なりに納得できる生活を実現することである。だからお金稼ぎのための仕事に生活を支配されるのは手段と目的の取り違えである」と考えてきたけど、もっと視野を広くすれば、今たくさん働いて稼ぐことは、将来、理想の生活を送れるようにすることであるとも考えられる。そう考えれば、別に手段と目的を取り違えてもいない。

そう考えた結果、僕は手のひらを返して、復職することにした。

第11章　復職後の働き方

60点で働くスタンスに変更

新型コロナウイルスの影響で仕事がリモートワーク化した結果、手のひらを返して、僕は復職した。リモートワーク化してからすぐに復職した。早く復職してなるべく長くリモートワークで働いて、将来のために稼いでおくべきだ。

「考えを整理した結果、また会社でやっていきたいと思い直しました。適応障害はもう大丈夫です」みたいなことを上司には伝えた。

「こいつ、絶対にリモートワークになったからだろ（笑）」と上司は思ったに違いないけど、そういう素振りは見せず「おお、そうかそうか」みたいな気さくな感じで応じてくれた。

適応障害が治ったのかは、実はわからない。というか、そもそも適応障害と診断を受けたところで、休職期間中の僕は自覚的には通常の状態そのものだった。会社の環境に適応できないというわけであり、つまり会社にいなければイライラすることもないからだ。症状が軽度だったのかもしれない。症状が重くなっていくと、適応できない場所から離れても症状がしばらく続いたり、うつ病へ発展したりもする、という話も聞いたことがある。

とはいえ、適応障害という診断を受けて休職した事実はたしかにある。そしてリモートワークとはいえ結局は会社員であることに変わりはないから、会社員という働き方に対して僕がこれまで適応できず苦痛に感じてきたことの本質は変わらないだろう。

となると、リモートワークに浮かれて能天気に復職するのは危険だ。また心をおかしくして、いよいよ重症になる可能性だってある。

だから、僕は策を講じた。どんな策かというと、

・会社の仕事なんて頑張っても割に合わないし、都合よく使われるだけだから、もう100点は目指さない。必要最低限な品質（60点ぐらい）で仕事を処理していく

・理不尽、不公平など腹が立つことに対しては割り切る。「会社はそういう組織なのだ」と受け入れて、粛々と働きお金を稼いでいく

というようなものだ。

僕は会社員に適応できない面がある一方で謎に真面目で責任感が強い面もあるので、今まで頭

では「会社の仕事なんて、頑張ったって割に合わない」とわかっていても、どうせやるからには自分なりに納得のできるものを目指したくなり、実際にそうしていた。期日をちゃんと守りながら、（自分基準での）１００点の仕事をしようとしていた。割に合うかどうかではなく、自分の人生の時間を使うことに対する納得の問題だ。

でも、それをやるから必要以上に疲弊するし、必要以上に割に合わない気持ちが生じて理不尽な目に遭っている気持ちになりイライラもする。「自分の納得の問題である」などとカッコいいことを言って１００点を目指して頑張って、「割に合わないじゃないか」と腹を立てる図式だ。われながら、納得の問題ではなかったのかとツッコミを入れたくなる。まあ正直に言えば、心のどこかで「これだけ頑張っているのだから、目に見える形で評価もしてほしい」という淡い期待も結局持ってしまっていたのだと思う。

でも、もういいだろう。そんな期待はもう捨てるべきだ。今の僕としては、将来の理想的生活に向けて貯金を貯めることが優先だ。そのためにも、淡い期待は捨てて、次のように考えることで継続力を高めるほうが賢い判断だ。

「会社の仕事はあくまでお金を稼ぐ手段としてやっているのだから、必要以上に労力をかけるのは無駄である。60点でいいのだ。人生に対する納得は、節約できたエネルギーを使って自分事な活動をおこない、それを通して得ていこう」と。

こういうスタンスで復職後はやっていくことに決めた。

あっさり計画失敗

復職してさっそく、僕は計画通り仕事を60点でこなしていった。
たとえばプレゼンする際、以前なら次のような対応をしていた。

【以前】
1　目的を満たすのに必要な情報だけに厳選して、簡潔に資料をつくる
2　どこのスライドで何をしゃべるのか、台本をつくる
3　台本を見なくてもスラスラとしゃべれるようになるまで練習する

【復職後】
1　とりあえず情報に不足はない程度のスライドをつくる
2　どこで何をしゃべるのか、箇条書きで軽く整理する
3　本番では箇条書きを見ながらアドリブでしゃべる

所要時間は前者が4時間としたら後者は1時間ぐらいの感覚だ。当然ながら前者のほうがわかりやすい説明をできるし、有限な会議時間の中で議論を深められる。とはいえ後者でも、ところどころでわかりにくさを聞き手に感じさせつつも、話し手としての必要最低限の役割は果たせる。

なら、それでよしとする。だって、お金を稼ぐために働いているだけなのだから。

「すずひらさんは復職したばかりだから、仕事量も抑えめにしないとね」という上司からの配慮もあり、復職後しばらくは、1日平均3時間ぐらいしか働かない状態が続いていた。しかもリモートワークなので、家のテレビでアニメを観ながらメールに60点の返信をしたり、60点の資料をつくったり、呼ばれた会議に参加しても何も発言しなかったりしていた。

以前なら、会議で何も発言しないと「僕はいったいここで何をしているのだろうか」という虚無感に襲われてしまうので、何かしら意見を言うなり議論の整理をするなりしていた。でも、それも開き直った。発言するにはアニメの音声をミュートにする必要が生じるため面倒でもあった。

昼過ぎぐらいにはその日にやるべき仕事がすべて終わり、以降は開店休業状態、会社貸与のノートPCはオンライン状態を維持しつつ、僕自身はオフになって小説を読んだり、昼寝していたこともある。もうビジネススキルを説いた本を無理して読むのはやめた。僕はやっぱり小説が好きなのだ。

「おいおい、これでも以前と同じ給料がもらえちゃうのかよ……リモートワークは神か」なんて調子に乗っていたわけだけど、まあ当然のように、そんなことが通用する時期は復職してから最初のうちだけだった。

復職してから日が経つにつれて休職明けの配慮は薄れていき、2ヵ月も経過した頃には、仕事の難易度も量も休職前の状態に完全に戻っていた。

　そして仕事の難易度と量が休職前の状態に戻ると、60点で処理していくスタンスはあっという間に崩壊した。手を抜きつつも60点は維持するなんていう器用なことは、僕にはできなかったからだ。そんな器用なことができる人間であるならば、そもそも休職していない。もっといえば、退職して無職になってのんびりして貯金がなくなり再就職、なんていう行動を2回もくり返してこなかっただろう。大学も留年していないだろう。きっと公立中学もうまくやり過ごして成績を維持できていただろう。

　復職当初の仕事の難易度や量であれば手を抜きつつ60点は確保できていたものの、以前の状況に戻るにつれて、手を抜く余裕がなくなってしまった。60点を取ろうとすると見落としをして50点となり、リカバリーに追われて逆に仕事が大変になりかねない。そのリスクが高いことを、経験からくる勘でわかってしまった。

「ここは確認しておかないとのちのち地雷になる」とか「この観点でも調査しておかないと絶対に突っ込まれて、後日にやり直しになる」とかやっているうちに、全力を出しているのと変わらない状態に戻っていた。

　だから結局、自分に対する納得とか、評価してもらう淡い期待とか、そういうのに関係なく、全力を出して仕事に取り組まないと対応できない自らの能力の限界を僕は思い知った。

　ということで、復職してから2ヵ月が経過した頃には早々に、休職前と同様の働き方に戻っていた。

とはいえ、休職直前のようにふてくされてはいなかった。60点を狙って効率化する戦略は早々に失敗したけど、「お金を稼ぐためにやっているのだから、振られた仕事をこなすのに必要なことだけを粛々とやればいいのだ」と心の整理ができていたからだ。そこは休職した意味があったと思える。適応障害と診断を受けるような状態に陥ったからこそ、会社で働くことに対する自分なりの考え方を整理して持ち直せた。

休職前と同様、残業は月20~40時間ほどあり、復職直後のように業務時間中に昼寝したり読書したりアニメを観たりする余裕はなくなった。

残業時間が増えてくると、リモートワークのメリットもそこまで大きくはなかった。通勤と帰宅の手間がないこと以外では、仕事をする場所が職場なのか家なのかの違いしかなくなってくる。余裕がある日は「今日はカフェで昼から仕事をしよう」なんてこともできたけど、そういうことができた日も少ない。

通勤と帰宅の手間がなくなったり、部屋着に寝癖のまま仕事ができるメリットだけでも、それなりにうれしいものではあった。でも、人間の幸福についての内省を経て、退職して次の生き方に挑戦しようとしていた直前に復職してまで得たいメリットだったかというと、けっこう微妙だな……、とは正直思えてしまった。リモートワークは神かと思ったけど、それは勘違いだった。通勤とリモートで選べるならもちろんリモートがいいけど、どちらも結局は会社組織に管理されて自らの時間を切り売りする賃金労働であることには変わりなくて、そんなものは僕にとっては別に神でもなんでもなかった。

なんてことをぼんやり思いながらも、もう復職しちゃったわけで、今さらまた退職するのも面倒くさい。復職前に考え方を整理したおかげで、ストレスを軽減できている感覚もある。なら、働けるところまで働いて、将来の自分の理想的生活のためにお金を貯めよう。その方針は継続しよう。それが賢い判断だ。

休日も仕事に支配される日々

２０２１年４月。復職して結局また会社員として働く生活を続けていくうちに、あっという間に１年が経過した。

この１年は、適応障害を再発させることもなく、かといって会社に適応できて公私ともに充足した日々を過ごせていたわけでもない。なんというか、一言で表現すれば「惰性」だ。「こんな生活を続けるぐらいなら死んだほうがマシだ」と思い詰めるほどつらいわけでは全然ないし、自分の気持ちをごまかしきれなくなって適応障害に至るわけでもない。

とはいえ、リモートワークであろうと生活の大半は忙しい会社の仕事に支配されていて、それはやっぱりしんどかった。会社の仕事は60点に抑えて、余力を自分なりの活動に使って人生を充足させたいなんてことを復職前の方針では考えていた気がするけど、そんなものはすっかり形骸化してしまった。週７日しかないうちの５日間は朝から晩まで家で仕事をし、休日の２日は「仕事の疲れから回復するべきだ」という口実のもと、安価な娯楽で消費者としての快楽を享受し続けた。たとえば、日常系アニメやゲーム実況動画を垂れ流しながらベッドの上でゴロゴロしていたりなど。

まあ別にそんな休日の過ごし方でもいいではないか、と考えることもできるけど、なんか違うのだ。無職のときだって日常系アニメやゲーム実況動画を観て楽しむことはあったけど、無職のときはその対象を純粋に楽しみたくて観ていた。仕事で心身とも疲れていてダラダラしたくて、ダラダラの肴として垂れ流しておくのではなく。

そういえば休職前の休日は、本を読みながらビジネススキルを高めるための勉強をしていた。その頃の休日のほうがマシとは言わない。それは無理をして自分の気持ちをごまかしていた行為であり、のちに破綻したのだから。とはいえ、復職後の休日がマシとも到底思わない。休職前も復職後も、形が違うだけで「間接的に休日も仕事に支配されている」という意味では同様だ。休職前は「仕事のための勉強」として。復職後は「仕事で疲れて本来以上の無気力」として……ああ、もしかして僕は、あのとき、ふてくされただけではなく、燃え尽きてしまったのかもしれない。ふてくされは立て直せたけど、燃え尽きは放置されている。

もっと昔を思い返すと、名古屋で生活していた頃の休日は充足していた。あの頃のほうが今より仕事は忙しかったし、仕事の能力が低くて社内での立場は弱かったし、今よりもっと未熟で視野が狭くて貯金もなくて苦しい立場だったはずなのに。名古屋の頃は、短期間とはいえ未熟なバカなりに休日も仕事も充足していた。

その後転職して、無理して気負って頑張った結果、会社員の「頑張っても対価が割に合わない」構造を思い出してふてくされて、燃え尽きた。そして内省を深め、もう生き方を根底から変える直前までいったけどリモートワークに釣られて復職して、その後は将来の理想的生活だけを目標に、燃え尽きた抜け殻が惰性で1年を過ごしてきた。そういうことだろう。

あのとき、復職せずに会社をスッパリ辞めて、自分なりにやれること、やりたいことに挑戦しながら質素に生きる道を選択していたら、今頃はどうなっていたのだろう……。そんなことを考えてしまう気持ちがある。今より苦労と不安の多い生活にはきっとなっているだろう。ただ、その苦労と不安を含めて「生」を実感し、「今」に充足を感じられていたかもしれない。

僕は今の生活に充足は感じられていない。惰性の日々の中で虚無を感じている。とはいえ、この1年でさらに順調に貯金は増えた。だから計画通りではある。じゃあ、いいか。充足を将来の自分へ贈っているのだから、納得しておくべきだ。

ちなみに車は売却した。お金をさらに貯めていくためだ。だから、かつて好きだったマニュアル車でのドライブはもうできなくなった。

大トラブル発生

復職してから約1年が経過した頃、僕が担当していたシステム開発の案件で大きなトラブルが発生した。

このときのトラブルは経験上では過去最高のものだった。具体的には書けないのだけど、全国に数百社存在する関連会社に提供している業務システムに問題が見つかり、その問題は、エンドユーザーと対面でおこなっている現場業務へ多大な影響を及ぼすものだった。少し業務の効率が落ちるとかそういう話ではなく、セキュリティ上の重要な問題にも発展し、誰もが名前を知っている親会社の名前で不祥事として報道されかねない内容だった。

　僕個人が何かをやらかしたというよりは、取引先を含めた全体でやらかした状況ではあった。取引先のシステム開発会社が不具合を含んだプログラムを書き、それを誰も検知できないまま世にリリースしてしまっていた。

　その案件の体制上、僕が問題解決のための指揮をとったり、関係各所へ謝罪と状況説明をする必要があり、それらの対応を始めた。だけど、正直言ってしまうと釈然としない気持ちがあった。取引先につくってもらったシステムの品質を管理する責任をたしかに僕は負っており、ゆえに矢(や)面(おもて)に立ってもろもろの対応を進めるべき立場ではある。しかし、僕が何かミスをしたことで不具合を見逃したのかといえば、まあ結果論としてはその通り見逃したのだけど、現実的にいえば到底見つけられるようなものではなかった。他社の仕事を完璧に管理するのは非現実的なのだ。

　釈然としない気持ちを抱きながらも、それを会社内で言ったところで、無責任であると責められて事態が悪化するだけだ。損な役回りだよなあとは思いつつ、過去にも何度か矢面に立ちトラブル対応はしてきた。

　しかし今回は影響が大きすぎて僕の手には負えず、謝罪役は部長や課長に譲(ゆず)り、問題解決の実務も優秀な上司からのヘルプを存分に借りた。トラブルの状況を整理して、原因特定や対策の対応計画をつくり、関係各所へそれらを説明し、計画実行の旗振りをして、しかし計画通りになかなか進められない状況に対してひどくイライラし、殺伐（さつばつ）とした状況になっていった。トラブルが発生した２０２１年４月の残業は80時間を超えた。リモートワークだと関係各所とのコミュニケーションを取りにくいため９時には出社して、22時過ぎに帰宅して、その後はリモートワークに切り替えて深夜２時まで仕事をする日々が続いた。

そんな激務の日々を送る中、母の余命が数ヵ月になった。

第12章　母のこと

母の病気が判明

ここからはしばらく仕事の話は脇に置き、母の話を書かせてほしい。今からしていく母の話が、僕が生き方を変えた理由と大きく関わってくるからだ。

前章では2021年4月の話をしていたけど、いったん時を2018年2月までさかのぼる。仕事の状況でいうと3社目の会社で、僕がふてくされる、そして燃え尽きる直接的な原因になった「大きなプロジェクト」をリーダーとしてバリバリと進めている最中だ。

その最中に、母がステージ4の大腸(だいちょう)がんを患(わずら)っていることが判明した。

「最近、何か食べるとお腹(なか)のこのあたりが詰まる感じがするのよね」と言い始めた母を父が病院へ連れていったところ、がんであることが判明した。そしてすでにステージ4まで進行していることもわかった。

僕が一人暮らしをしていた埼玉の賃貸から実家までは電車で片道2時間30分ほどかかり、遠方というほどではないけど地味に移動が面倒くさいので、実家へは年に数回ほど帰るだけだった。がんの連絡をもらったとき、直近で母と会ったのはその1ヵ月と少し前のお正月の頃だった。そのとき、母はお腹の違和感を訴えていたのだけど、あまり深刻な感じではなく、お腹を手でさすりながら「最近ちょっと気になるのよね。あ、リモコン取って」ぐらいのカジュアルな言い方ではあった。だから僕は「まあ、歳を取ると人間はいろいろとガタがくるものだからな」ぐらいにしか受け取らなかった。

当時、母は62歳。体に違和感が出てくるお年頃だろうから、まあ、しょうがないよね。そんな程度の認識だった。


母と僕の関係は、これまで何度か描写した通りだ。仲が悪いということはまったくない。かといって特別に仲が良いかといえば、別にそこまででもない。ごく一般的な、母親と息子の関係性だと思う。無条件で僕のことを気にしてくれている感覚はあり、それに対する気恥ずかしさとうっとうしさと若干の感謝が混ざり合ったような感情を、僕は母に対して抱いていた。

歳を重ねるにつれて、無条件で自分を気にしてくれる存在がいかに貴重であるかの理解が深まり、気恥ずかしさやうっとうしさより感謝の気持ちが優位になり、「大切にしたい」と素直に思えてきたりもするような、でもやっぱり恥ずかしいような、そんな相反する感情が混ざり合う、つまり普通の母親と息子の関係だ。

そんな母だけど、僕が会社の仕事に忙殺されている間にお腹の違和感が大きくなり、父に連れられて病院へ行ったようだった。全然知らなかった。お正月以降も母とは電話やLINEで何度かやり取りしていたけど、そのやり取りの中にお腹の話はいっさい登場しなかったし、僕から聞くこともなかった。正直言って、僕は母のお腹のことを忘れていた。母からのLINEは、過去に2回も何の計画もないまま退職して無職になったり、唐突に名古屋へ引っ越したり、かと思えば1年と少しでまた関東に戻ってきたりする、落ち着きのない息子の今の仕事および生活を心配する内容が主だった。

日高屋のカウンターで泣いた夜

病院へ行き、結果、大腸がんのステージ4であることが判明。僕はそのことを、父からの電話で聞いた。

平日の21時頃で、まだ職場で仕事をしているときに、父から電話がかかってきたのだ。父から電話なんてめったにないから、何かしら電話で話すべき重大事でもあったのかと若干の不安を感じて、職場にいるにもかかわらず僕は電話を取った。

電話越しに父は、母のお腹のことを話し始めた。

「ママがお腹に違和感あるって言ってたの、お前知ってる?」

お腹……? なんだっけ……ああ、そういえばお正月にそんなことも言ってたな。

このときの僕の感情はこんな程度だった。そしてその感情をそのまま電話越しで父に伝えた。

その後の父の話は妙に回りくどかった。

「お腹が詰まるって正月の後も言っててさ」「その部分だけ、触るとお腹がポコっと膨らんでるんだよな」「痛みはそんなにないみたいなんだけどなあ」「なんだろうなあと思ったよなあ」

こんな感じで、会話というより父が1人でくどくどと話を続けた。

書いた通り、そのときの僕はまだ職場で仕事をしている状況だった。プライベートな電話に職場で出るのもどうかと思うけど、珍しい父からの電話だったし、管理がゆるい職場でもあったし、21時で人もまばらだったので、まあいいだろうと判断して電話に応じていた。

とはいえ、やるべき仕事があるから21時まで職場にいるのであるから、くどくどと回りくどい話を続ける父に対して僕は「で、お腹がどうしたって？　結論から頼む」と仕事モードで催促したくなった。でも一方で、不安な気分も増してきた。入院でもすることになったのだろうか。だとしたら少し心配だな……。そんなことを感じながら、父の話を聞いていた。

「それで、詰まってる感覚がだんだん強くなってきたみたいだから、実は先日、病院へ行ってみたんだよ」

「うん、それで？」

「そしたらまさかの大学病院へ回されちゃって。いやあ、ビックリしたよな」

「へえ、大学病院かあ」

「いやービックリしたよ」

「まあ、そうだねえ。それで？」

「大学病院へ行っていろいろと検査してもらったんだよ」

「まあ、そうなんだろうね」

不安が大きくなっていった感覚を、今でもよく覚えている。最初は「盲腸（もうちょう）か何かで1週間ぐらい入院することにでもなったのか？　土日にお見舞いでも行っとくかな」ぐらいな不安度だったのが、ジワジワと、「あれ、もしかしてもう少し大きな何かなのか？」と思えてきた。

そこからも父の回りくどい話はしばらく続いた。その話の中には「腫瘍（しゅよう）」という言葉が何度か登場したのだけど、当時の僕は病気に関する知識がなさすぎて、恥ずかしながら腫瘍の意味がわからなかった。だから「へえ、腫瘍か（なんだっけそれ）」ぐらいの理解で話を聞いていたのだけど……。

その後、父から次の言葉を聞いた。

「つまり、がんだよ。大腸のがんだって」

「肺への転移もしてるみたい。ステージ4ってことだ」

バカで無知な僕でも、さすがにがんはわかるし、ステージ4も聞き覚えがあった。ステージ4というのはかなり進行していて、生存率が低い状態だったはず……。そんな漠然としたイメージを持っていた。

……ええ……？　なんで……？

そこから先、電話で何を話したのか、全然記憶に残っていない。頭が混乱して、「ええ、なんで……？　どういうこと？」みたいな疑問で頭の中は占められていた。

電話を終え、仕事を再開できる気がまったくしなかったので、とりあえず帰宅した。

まっすぐ帰宅するつもりだったのだけど、自宅から最寄りの駅まで着いたとき、無性に酒が飲みたくなり、駅前の日高屋に吸い寄せられ、入店した。仕事帰りのサラリーマンと思われるスーツ姿のおじさんの一人客が点在するカウンターに僕も腰かけた。

この当時の僕は、週1回ぐらいの頻度で仕事帰りに日高屋などの安い店へ1人でフラッと立ち寄り、枝豆や焼き鳥などのおつまみを食べながら酒を飲む行為を日常生活の些細な楽しみとしていた。新卒で入った会社に勤めていた頃のような、現実逃避のために休日の朝から酒を飲むみたいな状態からは卒業していたものの、会社の仕事にはストレスが多いことに違いはない。だから週1回ぐらい一人でチビチビと酒を飲み、アルコールの薬理作用を活用して頭をぼんやりさせることで、仕事のことを忘れたかったのだ。

でも、この日僕が逃避したかったのは、仕事のストレスではない。母ががんのステージ4であるという現実だ。唐突にやってきた理不尽に思える現実をどう処理すればいいのかわからず、とりあえず酒に酔って頭をぼんやりさせたくなった。

いつものようにビールと枝豆と焼き鳥を注文し、あっという間に中ジョッキを飲み干した。そこから先はハイボールばかりを4杯は飲みながら、ラーメンも食べていく。そんないつも通りの注文をして、いつも通り頭をぼんやりさせて気持ちよくなりたかった。

なのに、感情が高ぶってきて、日高屋のカウンターにて僕は一人で泣いた。

酒の力を借りても母の病気に関することを頭から追い出すのは不可能で、「なんでだよ、マジかよ。なんでだよ」と頭の中でくり返しているうちに酔いが進み、感情が高まり、涙が出てきてしまった。「あ、やばい泣きそう」という感覚すらないまま、急に涙が出てきた。

あまりにもあっさりと涙が出てきた自分に対して、すごく驚いた。最後に泣いたのなんていつだか覚えていないぐらい、涙なんてめったに流すことはないからだ。感動的な映画や小説やアニメで泣きそうになって目が若干潤むことはたまにあるし、そういえば名古屋の会社で心が折れて倉庫で大の字に寝転んだときも涙目になったけど、涙を流すまでに至ることはもう本当にない。もしかしたら最後に涙を流したのはまだ幼い小学生の頃ぐらいまでさかのぼる気もする。友達と喧嘩して泣いたとか、親に叱られて泣いたとか、そういう状況までさかのぼりそうだ。それぐらい、涙を流した記憶なんてない。なのにこのときは、ジワジワと感情がこみ上げる前触れもなく、涙がぶわっと出てきた。

そんな自分の反応が自分でも理解できなかった。「いやいやいや、いくら母親ががんのステージ4とはいえ、泣いちゃうような人間だったっけ？　俺って」という気持ち。自分が知っているつもりの自分と、目の前の自分の乖離が大きすぎた。

自分にとっての母の存在

このとき僕は、自分という人間において、母の存在は特別の中でも特別なのだと悟った。後天的に身につけた理性とか思考とか見栄とか、そういうものよりも根源的な、生まれる瞬間、いや生まれる前から自分の中に刻み込まれている存在。それが僕の中での母の存在なのだと、自分の反応を受けて悟った。

理性以前の部分、つまり本能の部分で反射的な反応が呼び起こされてしまう。酒の影響で理性が抑えられた影響もあるだろう。本能の部分で、僕は猛烈な寂しさを感じていた。

とにかく僕は寂しかったのだ。生まれる前から今まで常に自分のことを無条件に気にしてくれていた人が、あと何年かでこの世からいなくなってしまうのかもしれない。そんな現実を唐突に突き付けられて、僕はひたすら寂しくなってしまった。

このとき、僕は32歳。19歳で大学に進学して実家を出てから32歳になるまでの10年以上、母とは年に2、3回程度会うだけの関係だった。お盆や年末年始などで実家へ帰省した際に会うだけだ。母と姉は頻繁に二人で会い、しょっちゅう一緒に旅行したり食事へ行ったりしていたようだけど、僕はそういうことをほとんどしてこなかった。母から誘われても、「いいよ面倒くさい」と断ってばかりいた。

本当は面倒くさいというよりも、恥ずかしさのほうが勝っていた気はする。母親と二人で外で食事をしたり観光したりするのって、なんだか気恥ずかしいのだ。世の多くの成人男性たちは僕のこの気持ちに同意してくれると思う。

何が言いたいかというと、僕はもう、とっくに母離れしているつもりだったのだ。経済的には新卒で就職して以降自立していたし、精神的にも中学2年生の夏からすでに母に依存している感覚なんてこれっぽっちもなかった。まだ僕が実家に住んでいた頃は母と毎日雑談をしていたけど、一緒に住んでいるのだから楽しくおしゃべりするのに越したことはない。気持ちとしては、僕はもう中2の夏に「自分の気持ち」に目覚めて以降、母からの精神的な自立も果たしていた。

それが、どうだ。母ががんのステージ4であると知り、もしかしたらあと何年かでいなくなってしまうのではと想像しただけで、寂しくなって泣いてしまうなんて。

僕は実は、精神的に母離れできていなかったのだと思う。無意識の部分、あるいは本能の部分で、無条件に自分のことを気にしてくれる存在である母のことを、自分の深層心理における精神的土台にしていた気がする。母の存在を自尊心の根拠にしたり、この世界に自分が存在すべき理由にしたりなど。そういう無意識を前提に置いて生きてきたのではないかと思える。

そんな人間だからこそ、母を数年以内に失うかもしれない現実に対して、猛烈な寂しさを感じたのだと思う。

寂しさに暮れて泣きながら、日高屋のカウンターにてスマホで「大腸がん　ステージ4　生存率」なんてキーワードでググってみると、「5年生存率が18%」と表示されて、ますます寂しさがつのっていった。

ほんの何時間か前まで、こんな寂しさとは無縁の日常を過ごしていたのに。いつも通りオフィスで仕事をしていたのに。急に世界が暗転した。

帰省、いつも通りの母の姿

病気を知ってから数日後、土曜日に僕は帰省した。そして実家で父と姉と合流して、母が入院している病院へ一緒に行った。

母のがんはすでに進行しており、本来なら外科手術をしても意味がない状態であるらしかった。でも母のケースでは、腫瘍が大腸を閉塞（へいそく）しつつあり、それが原因で食事をできない状態に陥っていた。だからその状態を解消する外科手術をおこなうらしく、そのために入院していた。

手術が数日後に控えている中で病院へ行き、がんと知ってから初めて母と会った。会うまでは電話もしなかった。もしかしたら母はふさぎこんでいるかもしれないと思うと、なんて声をかければいいのかわからなかったし、声を聞くと寂しさが増大して僕もつらくなりそうで、電話できなかったのだ。だから病院で母と会う際、どんな様子なのかわからなくて、けっこう緊張してしまった。

でも、いざ会うと、母はいつも通りで普通に元気そうだった。もちろん、本当に元気なはずはないだろう。自分ががんのステージ4であると知り、内心では衝撃を受け、大きな外科手術が数日後に控えているのだから。いろいろな感情が渦巻いていたに決まっている。それに大腸の腫瘍が原因でもう1週間ぐらい何も食べられず、点滴だけしている状態でもあった。でも、少なくとも外から見る限り、いつも通りに見えた。無理をしているなとか、そういう感覚も全然受けなかった。

「あら、来てくれたの。ありがとう」

久しぶりに会った母の第一声は、そんな軽い調子だった。だからこちらも、変に神妙になったり暗くなったりするわけでもなく、「聞いたよー、まったく、しょうがないなあ」なんて軽い調子で応じたりした。何がしょうがないのかはよくわからない。雰囲気だ。寂しさに襲われて泣いていたとは思えない風を装えていたと思う。

病院の中で、母はあっさりした調子で言った。

「別にヨボヨボになりながら長生きしたいとも思ってないし、もう十分よ。あと1年生きられれば十分」

こう言った母は、本当に、いつも通りに見えた。「あ、リモコン取ってくれる？」と続いても違和感がないぐらいの、日常的な姿に見えた。

なぜあと1年なのかというと、母にとって初孫が誕生する予定だからだ。僕の姉が妊娠しており、半年後ぐらいにはおそらく生まれるであろう時期だった。だから半年後に初孫を見て、抱いて、その後さらに半年ぐらい初孫の成長を見守ったら、それでもう十分、ということだった。

それを聞いて僕は「いや、さすがに1年なんて余裕でしょ」とかなんとか言った記憶があるのだけど、本当は1年どころか半年だって生きられるのかどうかわかっていなかった。そしてもし初孫を抱く前にこの世を去ってしまうのだとしたら……。想像すると、あまりにもやりきれない。

しかし、そのやりきれない感情をぶつける相手がいない。

そんな嫌な想像は表には出さないように意識して、日常的な雑談をする感じで何時間か一緒に過ごしてから、僕と父と姉は病院を後にした。

ちなみに妊娠している当人である姉の様子はというと、さすがにショックは受けているように見えるものの、予想外にちゃんとしていた。姉は僕よりもはるかに母と仲が良く、まるで親友同士のように頻繁に二人で会って遊んでいた。姉は事あるごとに「ねえ、ママー聞いてよ」とか言いながらベタベタしていたから、がんと聞いて、もうショックで泣きじゃくっているんじゃないかぐらいに心配していたのだけど、そういう感じではなかった。ショックは受けつつも、自分にできることをして支えていくという態度であり、とても頼もしかった。

物理的には母にベタベタしつつも、精神的には大人として自立していたってことなのかもしれない。むしろ僕のほうこそ、実は母への精神的依存が大きかったのかもしれない。予想外にちゃんとしていて頼もしい姉の様子を眺めながら、僕はそんなことを考えたりもした。

手術、抗がん剤治療

その後、母は予定通り手術をして、大腸をふさいでいた腫瘍を無事に切除した。それ以外の箇所へも転移しており、その手術によってがんが治ったわけではないものの、食事はできるようになった。退院した日は有休を取って僕も実家へ帰り、姉も帰ってきて、久しぶりに家族4人で夕食を食べた。

そして退院してからは、週1回程度の通院による抗がん剤治療を開始した。通院の世話はすべて父がおこなってくれたので、僕は何もしていない。僕は一人暮らしをしている埼玉の賃貸へと戻り、会社の仕事をする日常へと戻っていた。

がんであることを知った直後は寂しさで泣いていた僕だけど、時間が経過するにつれて冷静さを取り戻していった。現実を受け入れられたというか、開き直った感覚だ。「人は全員必ず死ぬ。今まで生まれてきた何千億人もの人も、全員例外なく死んできた。だから母も死ぬ。それだけの話であり、これはもう人の運命なのだから、今さら泣いたりわめいたりすることではない。人として生まれた以上、定められた運命に淡々と従っていくのみだ」という悟りみたいなことを強引に考えていき、本当に強引ではあったけど、案外とそれで冷静になれた。

がんの進行状況を踏まえると、母の余命はあと2年〜3年ぐらいの確率が統計的には高いという医者の見立ても聞き、それで少し安心した面も正直言ってある。いきなり「たぶん、余命があと2年か3年ぐらい」なんて言われたらショックが大きいけど、もしかしたら半年すら生きられず、初孫を抱けないのではないかと不安に思っていた状況からの経緯であったから、余命2年か3年というのは、むしろ安心材料になった。

そして実際に初孫が生まれたときには余裕で母は生きていて、笑顔で孫を抱いていた。その姿を僕は写真で記録した。そしてその光景を見ながら、僕はこう考えた。

「母はもう十分に生きられた。幸せな人生だった。ここから先はボーナスタイムみたいなもの。人の運命に従いつつ、可能な範囲で残された生を享受していけばいいのだ」

とにかく、悟り的なことを無理にでも考えて現実を受け入れようとして、そして実際に、たぶん、受け入れられていった。

抗がん剤治療中であっても、母は精神的にも肉体的にもけっこう元気だった。精神的にはいろいろと悟っているように思えたし、肉体的にも抗がん剤の副作用はあるものの、日常生活に支障が出るほどではなかったようで、普通に生活していた。医療技術も進歩しており、抗がん剤の副作用も多くは薬で制御できるようになったらしい。今まで通り身の回りのことはすべて自分でおこない、介護を必要とする場面は病院へ行く際の車での送迎のみ。それは父がすべて担った。

とはいえ、あくまで統計的な話ではあるけど、もうがんが完治するのは難しくて、数年以内にこの世を去る可能性は高い。その現実をよく理解していた母は、いろいろな場所へ行きたがった。旅行もできるぐらいの状態だったのだ。

母が行きたいと言う場所はまだ行ったことのない場所ではなく、すでに行ったことのある場所が多かった。きっと、自分の人生の中で思い出に残っている世界の景色を見納めておきたい気持ちがあったのだと思う。

中学時代を最後に母と旅行したことはたぶんない僕だけど、このときばかりはいろいろな場所へ一緒に行くことに決めた。そうせずにはいられなかった。

母との時間を取り戻す

抗がん剤治療中、10回以上はあちこち旅行した。父、母、姉、僕の4人で箱根へ行ったり、軽井沢へ行ったり、日光へ行ったりなど。

母と僕の二人だけで近所の鎌倉へ行き、うなぎを食べて1泊したり、東京でミュージカルを観たり、横浜のおしゃれなホテルのバーで夜にお酒を飲み交わしたりもした。母はもちろんノンアルコールだったけど。ノンアルコールのシャンパンと、普通のシャンパンで乾杯して、一緒に飲んだ。

ノンアルコールのシャンパンが入ったグラスを笑顔で掲げる母の目をちゃんと正面から見て、僕も笑顔で応じたつもりだ。グラスを合わせ、小さく「キン」と音が鳴り、同じタイミングで飲んだ。静かで幸福な時間だった。

このとき撮った写真もある。店員さんにお願いして、母と僕が笑顔でグラスを掲げて、二人で肩を寄せている写真を撮ってもらった。

中学2年生の夏に「自分の気持ち」に目覚め、母から独立したつもりになり、そして大学進学後は実家を出て、以来10年以上、年に数回しか母とは会わずに僕はこれまで生活してきた。その分を取り戻すかのように、僕は母と一緒の時間を過ごした。

埼玉の賃貸で一人暮らしをしながら、月～金の週5日間はほぼ終日会社の仕事に時間を使っている生活ではあったから、毎日のように母との時間を持てるわけではなかった。でも平均すると月2回は実家へ帰省し、土日をともに家で過ごしたり、どこかへ出かけるなどしていた。それ以前は年に2、3回程度しか帰省していなかったので、帰省回数がだいぶ増えたことになる。

本当は毎週末でも帰省したい気持ちはあった。もしこの世を去ってしまったあとは、どんなに願っても母と過ごすことはもうできなくなるのだから。でも一方で、目の前には慌ただしい自分の会社員生活がある。土日は仕事のための勉強もしたい。そんな現実を生きている中では、月2回ぐらい帰省して1泊するのが精一杯だった。

前述のように、僕は2020年2月から休職していた。その期間は約3ヵ月で、休職中は1週間ぐらい長期で実家に滞在したりはした。本当は1週間どころか1ヵ月でも2ヵ月でも実家に滞在してもよかったのだけど、過去に2回も退職して無職になり、ようやく落ち着いたかと思いきや今度は休職した息子が長々と家でのんびりしていると、がんと闘っている母に余計な不安を与えるに違いない。そんな配慮をして、1週間程度の滞在に留めたりもした。適応障害と診断されたことも母には伝えなかった。

悪くなっていく容体

2018年4月から抗がん剤を開始して、効かなくなるたびに薬を変えていくことをくり返しながら、2021年1月になった。このとき、もう使える抗がん剤がなくなった。がんが判明してから約3年が経過した頃だ。

新薬の治験へ応募したりもしたものの、落選してしまい、あとはもう痛みを和らげながら過ごしていくほかない段階に至った。

がん細胞の増殖は抗がん剤で遅らせることはできていたようだけど、あくまで遅らせているだけで、２０２１年に入ってから、しだいに母は痛みを訴えるようになってきた。それらの痛みを和らげるための痛み止めを使い始めた。

しかし日が経つほど痛みの度合いは強まり、痛み止めが追いつかなくなり、２０２１年４月には痛みで病院へ緊急搬送されてしまった。もはや麻薬のような強烈な痛み止めを使うほかなくなり、その薬に体を慣らすために入院し、ある程度慣れたとの診断が出てから退院した。

その後は、実家で寝たきりになってしまった。

この頃にはもう、旅行どころか近所を散歩することすら無理だった。車いすに乗って何度か近所の公園に外の空気を吸いに行けただけだ。

痛みが強いため、痛み止めも強くなる。すると副作用も強くなる。抗がん剤の頃よりもはるかに副作用がつらそうで、頻繁に吐いてしまったりもしていた。

足もパンパンにむくんでしまい、さすると気持ちよさそうにしていた。だから僕はなるべく多くの時間を、母のむくんだ足をさすることに捧げたかった。本当はそうしたかったのだ……。

でも、母が家で寝たきりになった２０２１年４月とは、前述したような、仕事で大きなトラブルが発生した時期でもあった。

トラブル疲労で帰省もままならず

仕事の話から離れて母のことをだいぶ書いてきたので、読んでくれている人も仕事の状況はもう忘れてしまっているかもしれない。簡単に振り返ると、

・リモートワークになったので復職
・2021年4月、大きなトラブルが発生。対応に追われる

という展開だった。

ここまで書いてから、時間をさかのぼって母の話を書いてきて、時系列が追いついたことになる。

より細かい時系列としては、2021年4月頭に仕事でトラブル発生、対応に忙殺されていく。そしてトラブル発生の約2週間後に母の容体（ようだい）が悪化して、病院へ運ばれ緊急入院。痛み止めに慣れてから退院、だ。

退院後、僕は土日に帰省した。そして母の背中や足をさすった。車いすに母を乗せて近所の公園を散歩した。

でも、日曜夜にはまた埼玉の賃貸へ戻った。仕事はリモートワーク化していたので、そのまま実家に留まり、実家で母の足をさすりながら仕事をすることもできた。でも僕は、それはしたく

なかった。このときトラブル対応をしている僕は、とてもイライラしていたからだ。そして疲れていた。ピリピリした口調でやり取りする会議を1日に複数回おこなっていた。そんな仕事風景を母に見せたくはない。心配をかけるだろうし、仕事に振り回されている状態への恥ずかしさもあった。

だから僕は日曜夜に埼玉へ戻り、埼玉の賃貸で平日は仕事をして、次の金曜夜にまた帰省した……わけでもなかった。痛みでつらい状態に母はあり、足をさすってあげると喜んでいて、おそらくもう何ヵ月かしか時間が残されていないことはわかっていたはずなのに、僕は週1回の帰省すらできなかった。

どうしても、会社の仕事のトラブル対応でイライラしていたし、疲れてしまっていた。帰省して、残り少ない母との時間を過ごしたい気持ちはたしかに強く存在していた。でも強いストレスや心地の悪い疲労感によって、頭の中に薄いモヤがかかっており、正常に頭が働かない感覚があった。帰省したいけど、土日は家で休んでいたい。家で酒でも飲んでいたい。そんな状態だった。トラブル対応が長引いていた。深夜2時までリモートワークで仕事をしていたのは4月だけで、5月、6月は残業40時間程度ではあったものの、大きな問題に付随した数々の問題への対応とか、今後の再発防止とか、そういうウンザリすることばかりしており、肉体的というよりも精神的に疲れていた。

5月は母の誕生日がある。おそらく最後の誕生日になることはわかっており、この日ばかりは帰省したけど、お祝いに意識を集中できなかった。どうしても仕事のことが頭にあり、また明日から問題対応を続けるのかと思うとため息をつきたくなる。でも心配させたくないから、空元気を出していた。それが母の最後の誕生日における、僕の記憶だ。

母との最期の時間

そんな状態のまま4月、5月、6月を過ごしてしまい、2021年7月。

母の容体が一段と悪化して、家で素人の父が看病するのも無理な段階へと至り、緊急で実家近くのホスピスへと入居した。

この頃にはようやく仕事のトラブル対応も一段落ついたので、僕はホスピスへすぐ駆けつけた。母は強烈な痛み止めにより意識が朦朧としており、もう会話もあまりできない状態だった。

ホスピスで父と僕が医師と面会し、説明を受けたところ、あと2週間ぐらい、との見解だった。

それからは、さすがにもう埼玉の賃貸へ戻るのではなく、ホスピス近くのビジネスホテルに連泊して、毎日ホスピスを訪れて、なるべく長い時間を母と過ごした。

トラブル対応は一段落ついたとはいえ、通常運転の業務は当然あるので、朝からビジネスホテルで会議して、終わったらホスピスへ行き母と最期の交流をしつつ（可能な範囲での会話をしたり、パンパンにむくんでしまっている足をさすったり）、合間にホスピス内にもPCを持ち込み仕事して、会議の時間が近づいてきたらまたビジネスホテルへ戻って会議して、終わったらまたホスピスへ、という慌ただしい状態ではあった。

最後にもう一度、母にひつまぶしを食べさせたかったのだけど、ホスピスの近くにはうな重のお店しかなくて、僕はうな重を1つだけテイクアウトしてホスピスへ持ち込んだ。

「うな重、買ってきたよ。一緒に食べようよ」

僕は母へ、そう声をかけた。

「……あら、ありがとうねえ」

力なく掠れた声で母は反応し、ベッドの上で起き上がろうとした。その背中を僕は支えた。ベッド脇にあるテーブルにうな重を乗せて、母と僕はベッドの上に横並びに座り、うな重を食べた。少しでも温かいうちに、最初に母に食べてもらった。母は小ぶりなスプーンの上に半分ほどだけうなぎを乗せて、ゆっくりと口に運んで食べた。おいしいね、ありがとうね。そう言ってから、もう一度同じようにして食べて、ありがとうね、もう十分だから、あとは食べていいわよ。そう言った。

端の部分がほんの少し欠けただけのうな重を、母の横で僕は一人で食べ始めた。涙が止まらなくなり、僕はベッドから降りた。ベッド脇に置いてある丸椅子へ移動して、母に背を向け、背中を丸めてうな重を食べた。ちっともおいしくなかった。

母が元気だった頃の記憶が頭の中に溢れてくる。今まで、数え切れないほど何度も二人でご飯を食べてきた。一緒にご飯を食べるなんていう当たり前の日常が、失われてしまった。

時間を巻き戻せたらどれほどうれしいだろうか。母はもう、僕が泣いていることに気づくことすらできなくなってしまったのだから。

過ぎ去った時間は決して取り戻せない現実が、悲しすぎて、寂しすぎて、もう、どうにもならない。この感情をどう処理すればいいのかわからない。悲しさと寂しさに押し潰されて、自分が壊れてしまいそうだった。

そんな日々を送っているうちに、あっという間に2週間ほど経過して……。

母は、この世を去った。

7月末の、真夏日だった。

ホスピスでは痛み止めを使っても追いつかず、強い痛みを訴えていた時間が長かったけど、最期の何時間かは落ち着いていた。痛みを感じるだけの生命力も消えかけていたのかもしれないけど、とにかく、落ち着いていた。最期は痛くなかったのなら、苦しくなかったのなら……。

最期の何時間かは、さすがにもう会社の仕事は放り出して、静かに眠る母のすぐ横に僕は腰かけていた。左手は母のおでこに乗せて、右手は母の左手を握っていた。母のおでこからも、母の左手からも、まだ温かさを感じることができた。母の顔まで10センチぐらいの至近距離で、ゆっくりと寝息を立てる母の顔を僕は見つめていた。

今、呼吸の間隔が、かなり長かったな。その状態が2回続いた。

3回目の呼吸を待ったけど、5秒待っても、10秒待っても、20秒待っても、3回目の呼吸は、やってこなかった。
手を通して感じられていた温もりが消えていき、あっという間に冷たくなっていった。
先ほどまではゆっくりと動いていた母の口やお腹が、いっさい動かなくなった。
母が、この世からいなくなった。
僕はそのことを、五感で理解した。

第13章　価値転換

泣いた日々

それまでの36年間の人生の中で、最も泣いた1週間を過ごしたと思う。たぶんだけど、生後1週間以内の赤ちゃんだったときより泣いた。

ホスピスのベッドで動かなくなった母を僕は抱きしめて、泣き叫んだ。文字通り、大声を上げながら泣いた。父も姉も泣いていたけど、僕が一番泣いていた。

普段のキャラ的には、父も姉も泣きじゃくり、特に姉は狂ってしまうのではないかと不安になるほど泣き叫び、そんな姉を心配した僕は「人間は必ず死ぬものなのだから、しょうがないよ。静かに見送ってあげようよ」と冷静に声をかけるぐらいな感じなのだけど、実際は全然違った。

やはり実際は、僕こそ母に精神的な依存をしていたのだろう。気恥ずかしさから疎遠（そえん）になっていた時期が長かったので、母への感情が宙ぶらりんのまま長年にわたって放置されていたような気がする。

僕はしだいに泣き叫ぶ気力もなくなり、涙を流しながらベッド脇の丸椅子に腰かけて、呆然としていた。その間にホスピスの職員さんは母の顔をツヤツヤにしてくれて、表情を笑顔にしてくれて、髪も整えてくれていた。僕にもいろいろと声をかけてくれていたような気がする。

息を引き取ってから1時間も経たないうちに葬儀場から車がやってきて、きれいな母を乗せて、あっという間にホスピスから去っていった。

僕が泣いて叫んで呆然としている間にも、どんどん時間が過ぎていった。

僕は泣きながらホスピスの玄関までふらふら歩き、車が去っていくのを見送ったあと、また母の部屋へふらふら戻り、ついさっきまで母が寝ていたベッドに横になった。母と同じようにベッドに横になり、母が見ていたであろう景色を眺めながら、涙が流れるままに任せた。涙を拭ってもどうせすぐまた流れてくるので、もう拭うのをやめていた。

僕がそうしている間、父と姉は涙を流しながらも、部屋の片付けをしてくれていた。母が少しでも快適にホスピスの部屋で過ごせるように、棚の上や冷蔵庫の中、テレビのまわりなどへ私物をいろいろ持ち込んでいたのだ。父と姉はそれらを車へ運び出していた。僕はその作業を手伝える状態になかった。

私物の運び出し作業を終えてから、父と姉は僕を心配してくれたけど、僕は一人になりたかった。だから「しばらくここで一人になりたいから、もう帰っていいよ」とだけ伝えた。

どれぐらいの時間をベッドに横になって過ごしたのか、覚えていない。早く撤収して部屋を空けて、次の人の入居準備を職員さんができるようにすべきだろうな……。頭ではそう理解しつつも、母が最期の時を過ごした場所から、母が眺めていたであろう景色をいつまでも眺めていたかった。その状態から離れがたかった。

どれだけ時間が経ったかわからない。気づいたときには、涙が止まっていた。少し落ち着いてきた。さすがに帰ろうと思い、ベッドから起き上がり、職員さんへ深いお礼を伝えてから、近くのビジネスホテルへ戻った。

帰り道では落ち着いていられたのだけど、ホテルの部屋に入ってからすぐ、また泣いた。母が息を引き取った瞬間と同等の大きな悲しみの感情に再び襲われて、僕はベッドに顔をうずめて、泣き続けた。

翌朝になり、まだあと何日分かホテルを押さえていたけど、もうそのホテルにいたくなくて、埼玉の自分の家に帰りたくて、チェックアウトした。

その際、ちゃんと「今日チェックアウトしたら、残りの宿泊料金って払い戻ししてもらえますか？」とフロントに相談したので、一晩泣いたことで少し落ち着きは取り戻してきていたと思う。たしか翌日以降分は全額払い戻してもらえた記憶がある。

ぼんやりしながら電車を乗り継ぎ移動しているとき、泣かずにいられたので、「けっこう気持ちも落ち着いてきたな」なんて思いながら無事に埼玉の家に帰宅して、そうしたらまた泣いた。
久しぶりに帰宅した僕しか住んでいない一人暮らしの家で、誰の目も気にせず、時間も気にせず、慣れ親しんだ一人の世界の中で、僕は再び号泣した。

忌引きが3日しかない

仕事については、3日間の忌引き休暇に2日間の有給休暇を組み合わせ、1週間丸々休みにした。トラブル対応は片付いていたものの通常業務でもそれなりに忙しくて、本来なら突発的に1週間丸々休みにするのは支障が生じるのだけど、とてもじゃないけど仕事なんかできる状態になかった。母のことで頭の中が占められており、仕事に頭を使うのは不可能に思えた。だから上司に言い、とにかく1週間休みにさせてもらった。

上司にはいろいろと仕事をサポートしてもらい、とても感謝しているけど、それはそれとして、親の死に対する忌引き休暇がたった3日しかないという会社の制度は非人道的だと僕には思えた。たった3日で葬儀などを執りおこない、気持ちも整理して社会復帰できるようにするなんて、僕には到底不可能だった。

1週間でも少ないぐらいで、仕事へ復帰するには1ヵ月ほど休みが欲しいぐらいの気持ちだった。別に冗談を言っているのではなく、本心からそう思っている。近い親族の死であるなら忌引き休暇は1ヵ月ぐらいあるべきだ。大切な人を亡くしたのだから、仕事に復帰するまでの気持ちの整理期間としてそのぐらいは人間には必要だ。

まあ、現実問題として1ヵ月も休むのは難しいのだけど……。しかしこのときは、偶然にも会社の夏休みが翌週に控えている時期であり、翌週も1週間丸々休みだった。つまり忌引き休暇3日と有給休暇2日でまず1週間丸々休み、その翌週は夏休みでまた1週間丸々休みになり、合計2週間、14連休にはなった。本来なら3日しかない忌引き休暇が14日間に拡大できたようなものだ。それでも短いとは感じたけど、この14日間の中でどうにか気持ちを整理していくほかない。そんな状況だった。

棺に入れた母への手紙

埼玉の賃貸に帰宅してからの最初の何日間かは、家の中でぼんやりしたり、泣いたりしている間に過ぎ去った。気持ちの整理以前に、何かを考えることすらできなかった。

とにかく喪失(そうしつ)感が大きかった。喪失感という言葉では表現が足りないほどだ。母の死は、僕が今まで生きてきた世界の死でもあるように感じられた。それまでの僕の世界の根幹にいた母がいなくなったことで、僕の生きる世界は、母が生きていた頃とは決定的に異なるものに変わってしまった。

そうしている間にあっという間に母の葬儀の日になった。葬儀の準備は基本的に父がおこないつつ、姉は姉で、家族と撮影した写真をたくさん現像して、母の棺(ひつぎ)の周辺にたくさん配置していた。僕だけ何もしていない。

葬儀の中でもやっぱり僕が一番泣いて、父、姉、その他親族が目を潤ませている中、僕だけ鼻水と涙で顔をドロドロにしていた。

棺の中にいる母を見ていると、どうしても、僕がまだ幼い子供だった頃からの記憶がよみがえってくる。僕が初めて部屋で一人で寝るときにおでこにキスをしてくれた思い出とか、一緒に「ドクターマリオ」で遊んだ思い出とか、一緒に「仮面ライダー」のビデオを観た思い出とか、一緒にスーパーへ行って買い物してお菓子を買ってもらった思い出とか、そういう日常の些細な思い出が次々に頭の中に浮かんでくる。そしてそういう日常の中の些細な部分で、僕に対する母からの無条件かつ無限の愛情を直感できる。

母からの愛情は、僕が成長することで表現方法こそ変わるものの、無条件かつ無限であったことは一貫していたと確信できる。

だから僕は、自分の人生にとって重要な出来事はいつも母に話してきたのだ。相談ではなく事後報告だけど、必ず報告してきた。大学を留年したときも、新卒で入った会社を辞めたときも、名古屋へ行くと決めたときも、名古屋の会社を辞めたときも、埼玉へ行くと決めたときも、埼玉の会社を休職したときもだ。僕をいつも気にしてくれている母に対しては、心配をかけない範囲で僕の状況を伝えておきたかった。

大学へ進学して以降は年に数回しか会わなかったことへの後悔はある。

でも病気が判明してからの最後の期間は一緒の時間をそれまでより多くつくれて、楽しそうにしてくれていて、そのときの母の様子を思い出すと愛おしくなる。僕も常に母を愛していたのだ。

そんな母がこの世から去ってしまった現実がとにかく悲しくて、寂しくて、仕方がない。こんなに悲しくて寂しい出来事のある人間の人生とはいったい何なのだろう。こんなにつらい感情を味わいながらも生きていく意味とは何なのだろう。

——それでも、僕は、母のいない世界の中で生きていくしかない。母のいない世界であっても、生きていきたい。

僕は直筆で母に向けて手紙を書いて、葬儀に持参してきていた。

常に僕を愛してくれたことへの感謝。

実家を出てからは疎遠になり、素っ気なくなってしまった時期が長いけど、僕も常に母を愛していたのだということ。

母からもらった命を無駄にせず、自分なりに精一杯に生きること。

精一杯に生きたあと、何十年後かに、また母と会えるのを楽しみにしていること。

それらを書いた手紙を、棺の中で眠る母の顔のすぐ横に置いた。

葬儀も終わった。当日は実家へ泊まり、父と姉と、骨だけではあるけど久しぶりに家に帰ってこられた母の4人で静かに過ごした。猛烈な悲しみと寂しさと、少しの安堵（あんど）も感じたりした。

約3年半にわたって続いた母の闘病生活は終わった。もう母が苦しむことはない。

人の生の真実

葬儀の翌日、僕は埼玉の家へ戻った。

葬儀前はただ泣いたりぼんやりしているだけだったけど、葬儀後には、冷静に頭が働くようになりつつあった。過去を思い出しながら悲しさと寂しさばかりに支配されていた状態から、これからの未来を考えたい心境へと変わってきた。手紙で母に伝えた通り、これからの自分の人生を精一杯に生きようという意識が芽生えてきた。

母の死を目の前10センチの距離で体感したことで、僕は、

「人はいつか必ず死ぬ」

「いつ死ぬかはわからない」

「死んだらこの世からいなくなる」

ということを、骨身に沁(し)みて理解した。特に意識したわけでもなく、いつの間にか、これらの真実が思考回路の根底に座っていた。

もちろん、人はいつか必ず死ぬし、いつ死ぬかもわからないし、死んだらこの世からいなくなるなんてことは、子供の頃から知っている。でも、なんとなく、そんな人生における無情な真実から目を背(そむ)けていた。そんな無情なことを考えても仕方ないし、なんだか怖いから、あまり考えないようにしていた気がする。

でも、母との死別を体験したことで、人生の真実から目を背けることができなくなってしまった。今、母は存在しない。その現実に僕は生きている。ＬＩＮＥを送っても何も返ってこない。以前は可愛いスタンプをすぐに返してくれたのに。母はもうこの世に存在しないのだ。平均寿命よりだいぶ短い66歳で、この世からいなくなってしまった。

その現実の中にいると、人生についての真実が常に眼前に突き付けられているようで、もはや目を背けられないのだ。「人はいつか必ず死ぬ」「いつ死ぬかはわからない」「死んだらこの世からいなくなる」という真実が思考回路の根底に常に存在していて、何を考えるにもそれらを前提に思考を進めざるをえなくなっていた。

その結果、過去の後悔や悲しさと寂しさに埋没（まいぼつ）するのではなく、

「母からもらった一度きりの命なのだから、いつ死んでも悔（く）いがないように、自分なりに精一杯に生きよう」

というこれからの意識へと頭が切り替わってきた。

将来より今を大切にする

そんな前向きな頭に切り替わっていきつつも、時間はどんどん過ぎていき、会社の仕事へ復帰する日が近づいてきた。

思い返すと、仕事もいろいろとあった。２回も無計画に会社を辞めて無職になり、いずれも再就職して、その後また辞めようかと思ったけど休職してみて、復職してからの今。そういうこと

をしている間に、いつの間にか新卒で就職してから12年も経過していた。月並みな言葉だけど、時がたつのは速い。本当に速い。

根本的な気質の部分で、僕は会社員として働くのにあまり向いていない。それは今までの経験でもう十二分にわかっている。でもリモートワーク化したこともあり、現実的な目線でお金を稼ぐことを考えて、復職したわけだ。リモートワークで働いてお金を稼ぎ、50歳までに4000万円の資産をつくって早期退職しよう。まあ、そこまでは無理でも、少しでも貯金を増やしていこう。そういう方針で復職をしたのだ。

ということで、夏休みが明けたら仕事に復帰して、改めて、貯金を増やすために会社で仕事をしていこう。会社に属して働くのは本来の自分の気質に反しているし、ほかの生き方をしたいと欲している心を抑圧している感覚もある。「このままでいいのだろうか」という迷いを抱いたことも一度や二度ではない。でも、現実的に考えて、少しでも貯金を増やし、将来の自分が理想的な生活をできるようにしていくべきなのだから、しっかり会社へ復帰しよう。今の生活は割り切りながら働いて、将来のためにお金を貯めていこう……。

なんてことは、一切やる気にならなかった。

やる気にならないどころか、もう大反対だ。休職中のわずか1年と数ヵ月前の自分自身が考えた人生計画に対して、腹立たしさすら感じた。

なぜ、今の僕が、存在するかも不明な将来の僕のために我慢(がまん)して生きなければならないのか。

まず大前提としてそこがまったく納得できない。

今の自分が納得できる生き方をする。それだけの話ではないのか？　将来のことなんて、将来が今になったときに、やっぱり今の自分が納得できる生き方をすればいいのではないか？　その連続でやっていくしかないのではないか？

だってそうだろう、人生なんていつ終わるのかもわからないのだから。終わったらもう本当に終わりなのだから。そんな人生の真実を前提に考えると、存在するかもわからない将来のために、今の僕が自分の居場所とは思えないし向いていないとも結論が出ている生き方を我慢しながらやっていくのは、理不尽ではないか？

もちろん、将来のための準備や頑張りのすべてを否定するわけではない。何か目標があり、それを達成したいのなら、ときには我慢しながらでも目標に向かって頑張ることも大切だ。目標がとても大切であり、その目標のために頑張る今に納得できるのなら、頑張ればいい。

でも、僕の場合はどうだ。「将来の自分が理想的な生活を送れるようにする」という目標のために、今の自分がしんどい生活を送るというのは、全然納得できない。だって、目標に対して犠牲のほうが大きいではないか。今は確実に存在しているし、残りの自分の人生の中では最も若くて体力があるのだから。そんな今の生活よりも、存在するか不明だし、存在したとしても老化や病気で今より確実に衰えている将来の生活を優先する理由がない。

それに、将来のために今を犠牲にして納得できない生活を続けた結果、心身の健康を損ねて将来もダメにする共倒れな結果にだってなりかねない。

将来のお金のために今を我慢しながら働くというのは、一見すると堅実で合理的な判断に思えて、実はすごく非合理的であると気づいてしまった。今より将来、時間と健康よりお金を優先しているのだから。そんなものは堅実で合理的な生き方なんかではない。将来の不安ばかりに意識を奪われ、本当に大切なものを見失い、今を生きていないだけではないか。

たしかに将来は不安だ。でも将来については、将来の僕がそのときの健康状態や価値観や趣味や社会環境を踏まえながら納得できる生き方をしてくれればいい。将来については将来の僕に任せればいいんだ。どんな世界になっているかもわからないのだから。

今の僕が将来の僕に対してできることは、いやいや働き健康リスクを高めながらお金を貯めてあげることではなく、今日という1日を納得できる形で大切に生きて、自分なりの人生を描いていきながら、どんな世の中であっても自分なりに楽しくやっていけるだけの強さを築いていくことだろう。

働き方、生き方を変える

考えれば考えるほど、会社に復帰してなるべく長く働き続け、将来の自分のために貯金する方針がゴミに思えて仕方がなくなってきた。

母ががんのステージ4であると判明してからの自分の行動を振り返っていくと、会社の仕事に振り回されてばかりだった。

　仕事があるから月2回程度しか帰省できなかった。

　母の最後の誕生日なのに、その時間へ集中できず、仕事のトラブル対応のことで頭がいっぱいだった。

　ホスピスに入居してからも、母との時間はもう残りわずかだとわかっていたはずなのに、ビジネスホテルとホスピスを1日に何度も往復したり、母のむくんだ足をマッサージしながら仕事していた。マッサージに集中して、その時間をもっと五感で感じたかった。

　目の前に自分が担っている仕事があったのだから仕方なかったとは思う。だから当時の自分の行動それ自体を責めようとは思わない。僕が責めたいのは、もっと根本的な部分だ。

　そもそも、なぜ、僕にとってはたいして重要でもない「会社の仕事」に、そこまで生活を支配させていたのだ。そこを僕は責めたいし、反省したい。

　いくら生活のためにはお金が必要といったって、自分にとって重要ではないし向いてもいない行為を、週7日しかないうちの5日間も朝から晩までやり、時間も気力も捧げてしまうのは、さすがにおかしいだろう。ごちゃごちゃと言葉を並べ立てて「現実的に考えてこうすべきなのだ」みたいに判断してきた気がするけど、ごちゃごちゃと考えるまでもない。一度きりの人生の生き方としておかしい。

　しんどさや違和感を持ちながらも、自分の気質には向かない働き方を、なんとなくの常識や空気に沿ってやってきた。そうやって、生活の大半を会社の仕事に支配される状態を10年以上も続けてきてしまった。そのことを僕はおおいに反省しなければいけない。そして反省するとは、同じことをくり返さないという意味であり、つまり会社を辞めるということだ。

その意味するところは、過去にも経験してきた「会社を辞める」とは異なる。過去は再就職前提だったのに対して、今回は再就職するつもりはない。


それに、ただ会社を辞めるというだけではなく、「生き方」を根本的に変えていくと決めた。今後はもっと、自分の気持ちに素直になると決めた。

今までの僕には、自分の心からの声に対して、頭で考えた理屈や常識で評価してくるもう一人の自分がいた。そして心の声をある程度押し殺して、世間一般のレールの上を脱輪しながら走る状態になっていた。本来はレールの上を走れない心を、無理やり矯正(きょうせい)してレールの上に押し込んでいるような感覚だ。

脱輪しながらも世間一般のレールに沿ってやってきたことによる恩恵もあるけど、そうしている間にもう36歳になった。人生は一度きりで、死んだら終わりで、いつ死ぬかもわからないのだから、脱輪しながらレールの上を無理して走るのはもう終わりにする。

残りの半生は、自分の気持ちに素直に従っていく。母からもらった一度きりの人生を自分なりに悔いなく生きるためにも、そう決めた。

第14章　自分らしい新しい生き方

会社への感謝

夏休みが明けて、僕は2週間ぶりに会社に復帰した。

忌引き休暇の間、仕事を代行してくれていた上司へお礼を言い、淡々と仕事へ戻っていきつつ、頭の中では「年内いっぱいで会社を辞める」と決めていた。夏休みが明けたのが8月中旬だったので、約4・5ヵ月後だ。担当していた仕事をきれいに引き継ぐのにそれぐらいかかりそうだったし、今年いっぱいで辞めるという区切りもわかりやすいからだ。

「会社の仕事なんてもういいから、さっさと辞表を提出して1ヵ月後にでも辞めちゃえ」という気持ちも正直言ってあった。でも会社にはいろいろとお世話になったことは間違いないし、会社員としての働き方そのものをやめる位置づけでもあったから、最後はちゃんときれいに終わらせたい気持ちのほうが強かった。

僕は気質として会社員に向いていない面が強いのだろうし、そんな気質から湧き出る会社への不平不満を包み隠さず本書では書いてきたつもりだけど、一方で、会社には感謝しているのだ。1社目も2社目も3社目も、それぞれの環境の中でしんどい経験をしてイライラしつつも、その経験を通して視野が広がったり能力が高まったことは間違いない。

まだ学生だった頃と比べると、自らの人間性に対する理解が深まったし、世の中の仕組みも実体験をともなって理解できた。それらの理解があるからこそ、自分は本当はこの世の中でどう生きたいのかに気づくことができた。そういう成長は、会社というしんどい環境に身を置いて、苦しみながらもどうにかやってきたことが確実に影響している。

別に会社から鎖で拘束されていたわけでもない。結局のところ、会社に属して働く選択をしていたのは自分なのだ。たしかにいろいろとしんどかったし、理不尽なことばかりでムカついたけど、それも含めて自分の選択の結果でもあるのだから、最後ぐらいきれいに整理して引き継いで終わりにしたい。そう思った。

辞意を伝える

夏休みが明けてからわりとすぐ、上司には辞意を伝えた。以前に休職した経緯があったので、もう特に驚かれることもなく「やっぱりそうかあ……」みたいな、もううすうすわかってて、諦(あきら)めてます、的な反応だった。

上司とは、ちょっとした雑談でもするぐらいの雰囲気でいろいろと会話した。その中で「辞めてから次はどうするのか？」という質問も当然受けた。無難に「再就職でもします」と答えて受け流す選択肢もあったけど、上司にもいろいろとお世話になって感謝しているので、嘘をつくのも抵抗があり、もう素直に答えた。つまり「今後は自分の気持ちに素直に従いながら、自分なりに生きていこうと思ってます」みたいな感じの返事をした。さすがに素直すぎたかもしれない。

上司からしたら想定外の回答だっただろう。「はい？　え、どういうこと？」「ちゃんと再就職したほうがいい」「それか、すぐフリーランスとして仕事を始めていくとかしないと」などとご心配をいただいた。僕はその気持ちだけはしっかり受け取りながら、「大丈夫です、どうにかやっていきますから」などと余計に不安を煽るような返事をした。その後も問答をくり返しているうちに上司も諦めて「とにかく、よく考えるんだぞ」と言われてお開きとなった。

平凡で静かな暮らしが欲しい

上司の言っていることは至極もっともであり、一般的な考え方に照らすとその通りだよなと僕も思う。よく考えて、堅実に再就職なりフリーランスとしてやっていくなりするべきだろう。でも、死を直視すると、僕の気持ちがまったく望んでいないそのような選択をするのは、もはや無理になった。

不安になることは正直言ってあるけど、人生なんていつか死んで終わってしまうのだから、自分の思うように思い切ってやるだけだ。不安を恐れて生きたいように生きず、今の生活を続けた場合、経済的には安定するかもしれない。でも日々に納得感がないまま時を過ごし、死ぬ瞬間になって「もっとやりたいことをやればよかった」と後悔するに決まっている。そんな見えている結末に向かって退屈な日々を過ごすのなら、生きる意味がない。

別に何か高尚（こうしょう）な使命感を持っているわけではないし、大きな夢があるわけでもない。僕の場合、「自分はどうやって生きていきたいのだろうか」と自問自答していくと、意識が高いこと、低いこと、マクロな目線、ミクロな目線など思考があちこちへ飛び跳（は）ねていきつつ、結論は出ない。頭で考えても仕方がないのだ。頭で考えていくと、常識や世間体、実現可能性、損得、他者との比較などで忙しくなり、それをしているうちに気持ちが置き去りにされていく。

どうやって生きていきたいのか。それは僕の心が最初から知っている。自分なりにやれること、やりたいと思えることをやりながら、散歩して、読書して、のんびりして、たまには友達と遊んで、静かに暮らしたい。そんな平凡極まりない暮らしを僕の心は欲している。だからそれを求めていく。頭でごちゃごちゃと考えて気持ちを邪魔することはもうしたくない。

もちろん、頭を使って考えることが重要な場面もある。でもまずは、自分は何をしたいのか。そこは気持ちに素直に従えばいいのだ。頭を使うのは、気持ちの欲している生活を実現するための具体的方法を考える段階でいい。

生活費を下げ、自分がやりたいことで稼ぐ

もちろん、生活していくにはどうしてもお金が必要になる。でも、お金なんて、所詮は生活をするための手段にすぎない。今の世の中を見ていると、お金を稼ぐことこそ人生の目的であり、

多く稼ぐほど偉いかのような雰囲気になっているけど、そういう雰囲気に惑わされることなく本質を見ると、お金はあくまでも生活をするための手段だ。より正確にいうと、自分が納得できる生活を送るための手段だ。

だから第一に、自分が納得できる生活を維持する前提で、生活費をなるべく下げる。不要な部分、あるいは優先度の低い部分への支出を削っていく。

そして第二に、下げた生活費の分を、やはり納得できる生活を維持しながら稼ぐ。他人に管理されながら他人がやりたいことへ労働力を提供するのではなく、自分がやりたいことを、自分の主導でやる。

それは「言うは易く行うは難し」だろう。とはいえ、試行錯誤しながら挑戦する余地は十分にあると思う。幸いにもインターネットで個人でも稼ぎやすい環境にもなっている。月に何十万円も稼ごうというわけではない。せいぜい月10万円と少しで僕の場合は十分だ。

お金についてはそういう方針でやっていく。

札幌に住もう

住む場所も変えることにした。個人的にあまり好きではない東京圏から再脱出して、家賃を下げ、もっと広々とのんびり生活できる場所に住みたい。

安全な選択をするなら名古屋だろう。一度住んでいて、自分に合っていることを確認済みだからだ。でも、そうやって理屈で考えてリスクの低い判断をしても退屈だなと思った。「一度住んで間違いないと確認済みである」「メリットは何々。デメリットは何々。メリットのほうが上回ってるからここに引っ越そう」など。メリットもデメリットも気になるし、確認済みなのは大きな利点でもある。でも、そういう理屈よりも「住みたいと思うか？」という気持ちを優先させたい。

これも「自分の気持ちに素直に従う」の一環だ。理屈でごちゃごちゃと考えているうちに、客観的なメリット、デメリットや、常識に思考が浸食されていき、自分の気持ちが置き去りにされていく。そういう経験をこれまでに何度もしてきたように思う。だからもう、今後は「自分の気持ち」を優先していきたいのだ。

そして気持ちに素直に従った結果、「札幌に住んでみたい」と僕は思った。というより、もとから自分の中にそんな気持ちが存在していることを思い出した。意識に上ってくることも少なくなっていたけど、思い返すと大学生の頃から、「一度ぐらい札幌に住んでみたい。面白そうだ」という気持ちを僕は持っていたのだ。

初めて札幌へ行ったのは中学の頃の家族旅行だ。記憶にある限り、たぶんこれが母の病気が判明する前に僕が同行した最後の家族旅行になる。といっても別にそういう意味で何か重要な位置づけにあるわけでもなくて、ただ純粋に、札幌の街を僕は気に入った。夏に行き、大通（おおどおり）公園の周辺をあちこち散策しながら、「きれいな街並みだなあ」「お店がたくさんあって便利そう」「真夏なのに涼しい……！」なんてことを思った。

その後、大学生の頃に今度は3月末の札幌へ友達と旅行で行き、その際もいい場所だなと感じた。それからは、会社員の頃にもう回数は覚えていないけど複数回は観光したり、出張でも訪れた。

母の病気が判明してからも、家族で改めて札幌へ行った。今度は10月の秋。母が他界する2年近く前だ。残り少ない母との時間を過ごす場所に選ぶほど札幌という場所を僕は気に入っていたし、母も気に入っていた。地元の横浜よりも一足早い紅葉を母と一緒に眺めながら、札幌でのんびり過ごした。かけがえのない時間だった。

もちろん、観光で短期間だけ訪れるのと実際に住むのとでは話が変わってくる。札幌に実際に住むとなると、どうしたって「冬の寒さに耐えられるのか?」「札幌というのは大都市でありながら豪雪地帯でもある。大雪に耐えられるのか?」「縁もゆかりもない土地に一人で引っ越して、家族や友達から離れてしまう。孤独がつらくならないだろうか?」などを考えてしまい、そして躊躇する。実際にそうやって躊躇している間に、札幌に住んでみたい気持ちが風化していき、いつの間にか意識に上ることもなくなっていた。

札幌への引っ越しに限らず、何か行動をしようか検討する際、考えれば考えるほど懸念点が見つかり、「やっぱりやめておこう」という結論になりやすくなる。僕は今まで何度もそうしてきたように思う。

しっかり下調べしながら堅実に検討することも大切だろうけど、気持ちだけで「もう、とりあえず行動しちゃえ！　えいや！」みたいに決めちゃってもいいじゃないか。その結果、失敗したとして死ぬわけでもないのなら。

行動して実際に経験してみないとわからないことだらけである。だったら下調べに時間を使いすぎたり懸念点にばかり焦点を当てるのではなく、もう札幌に住んでみよう。住んでみたいのだから。

とはいえ、さすがに一度は下見しておきたかったので、引き継ぎがメインになっていた仕事を調整して一週間丸々休み、10月に札幌へ下見旅行をした。

札幌へは過去に何度も行っているわけだけど、今回は事前に賃貸の候補をリストアップしておき、周辺環境を「自分はここに住んでいるのだ」とイメージしながら生活者目線で散策したりした。

あと、「ここに住むかどうかを検討するためには、この地の食のおいしさも確認しておく必要がある」という理屈をでっち上げて、毎晩のようにお店で札幌グルメを食べたりもした。実際に札幌に住んだら、生活費を下げるために外食なんてほぼせず自炊メインになるだろうに。僕はグルメの優先度が高い人間でもない。まあ、単なる口実だ。旅行中ぐらいはグルメを楽しみたくもなる。

下見はそんな感じで、実質的には単なる旅行だった。札幌へ引っ越すメリット、デメリットなど堅実なことを現地で調査したわけではまったくない。純粋に「札幌に住みたいと思っている自分の中の気持ち」を、頭ではなく心で感じ取ることに集中していた。そして、その自分の気持ちは確かであると感じられたので、札幌へ引っ越すことにもう決めた。

過去に札幌の冬を経験したこともない。せめて冬の寒さと雪ぐらい実際に確認してから決めたほうがいい気もした。でもまあ、いくら〝試される北の大地〟に位置する札幌とはいえ、結局は同じ日本国内の大都市でもある。「北の大地への移住」と考えると身構えるけど、「同じ日本国内の大都市への引っ越し」と考えると、そんな程度の話に長々と時間を使って検討なんてしたくなかった。冬になるまで待ち、改めて下見のために札幌へ行き、寒さと雪を体験して、「うーん、耐えられるかなあ……」なんてグダグダ迷うよりも、さっさと実際に住んでみて、その後の札幌生活で楽しいこともつらいことも人生経験として楽しみたい。

本当の意味で会社をやめる

２０２１年12月31日付で会社を辞める。最終出社日は12月24日にする。その２日後の26日には札幌への引っ越しを開始する。自分の気持ちに従い、そうすることに決めた。

そして仕事の引き継ぎを予定通り進めていくうちに、あっという間に最終出社日を迎え、僕は会社を辞めた。過去と違い今回は、勤めていた会社を辞めただけではない。会社員という働き方そのものをやめた。

ここまでさんざん、回り道をしてきた。学生時代の経験を踏まえて、きっと自分に会社員は勤まらないだろうとうすうすわかっていながらも、ほかの選択肢がわからないので周囲に合わせてなんとなく新卒で就職。案の定、会社員が勤まらなくて無計画に辞めた後、名古屋へ引っ越してまでタイプの真逆な会社へ再就職。そこも無理になって再び無計画に辞めて、いよいよもうほかの働き方に変えようと自分なりに幅広く検討したものの、消去法を1周回した後に結局また会社員を惰性で選択。自分の気持ちをごまかしながらどうにか前向きに頑張っていくも、燃え尽きて心をおかしくして休職。ついに会社員を辞める直前まで行ったのだけど、今度はリモートワークに釣られて復職。

こうしてこれまでの経緯を並べると、本当に回り道をしすぎである。客観的にこの経緯を眺めると、新卒で就職せず自分なりの道を最初から頑張って模索していくか、試しに就職するとしても1社目で見切りをつけるべきだった。

でも当事者としての主観で振り返ると、まあ、しょうがない。僕にとっては、このぐらいの回り道が必要だったのだ。視野が狭くて、要領が悪くて、たいして賢いわけでもないくせに頭でっかちな合理主義の面がある僕みたいな者にとっては、こうしてひとつずつ回り道をしながら実体験を通して学んでいく必要があったのだと思う。

そうして、母との死別。

「母との死別」と「要領の悪すぎる回り道」のふたつが合わさることで、ようやく僕は会社員をやめる決意ができた。

母との死別によって、人生は一度きりで、死んだら本当にもう終わりであり、いつ死ぬかもわからない人の生の真実をようやく直視できた。もう今を犠牲にするのはやめて、今この瞬間から自分の気持ちに従って好きに生きないともったいない。

　要領の悪すぎる回り道によって、つくづく自分にはもう会社員は無理であることを受け入れた。さらには、他人に管理されながら意義を感じない仕事をしてまでお金を稼ぎ、消費して人並みな生活をするよりも、自分がやれること、やりたいことをしながらのんびり暮らしていたい気持ちに気づけた。なら、その気持ちに素直に従おう。


　人生で最後の勤め先では、ありがたいことに、僕みたいなややこしい人間に対しても、複数回の送別会を開いてくださった。部署単位での形式的な会ではなく、ともに仕事をしてきた人たちとの少人数の会が複数回。すべておごってもらい、送別の品もいただいた。

　過去3度の退職のうち、ここまで気にしてもらえたのはこのときが初めてだった。3社目でもいろいろとつらい経験が多かったし、理不尽に思えるあれこれに腹を立てて目上の人へ攻撃的な態度を取ったり、ふてくされたりと、僕は決して模範的な会社員ではなかった。むしろ悪いタイプの会社員だったと思う。組織の和を軽視して、非合理的だと自分勝手に判断したルールは限界まで無視してきた。

　そんな僕でも、今まで勤めた3社の中では最長の6年4ヵ月も続けられた（間で3ヵ月の休職をしているが）。

　思い返すと、この会社や上司は器（うつわ）が大きかった。仕事をしていく上で必ずやるべきことをやっていれば、大抵のことは大目に見てくれた。そういう環境だったからこそ、僕みたいなやつでもようやく会社における自分の役割みたいなものを見つけられて、それ以前と比べれば能力を発揮して貢献できたのだと思う。

振り返ると、それがうれしかったから、気負って頑張りすぎたのかもしれない。2回の転職を経てようやく見つけた自分の居場所だと、思いたかったのかもしれない。

勤務態度により周囲に悪影響を与えた面はあるだろうし、仕事で失敗して迷惑をかけたことも一度や二度ではない。何度もあるのですべては覚えていないほどだ。それでも、辞めるときにあたたかい心遣いをしていただき、僕の会社での仕事は認めてもらえていたのだと思えて、素直にすごくうれしかった。

1社目でも2社目でも3社目でもいろいろな経験を積めたけど、とりわけ最後の3社目で多くの経験を積ませてもらえた。人生最後の勤め先としてこの会社で仕事ができて、よかった。

そして僕は、新しい生き方へと踏み出した。

おわりに

回り道は続く

この文章を書いている現在は、新しい生き方へ踏み出してからすでに約3年が経過している。もう、今の自分にとっては「新しい生き方」という感覚もない。生き方を変えた後の形こそが今の僕にとっての現実であり、もう「新しい」という形容詞の使用期限は切れている。

ここまでの3年間は、おおまかには方針通りに生きてこられた。自分のやれること、やりたいことを試行錯誤しながら細々と続けてきて、少ないながらもそれで収入も得られている。

会社員の頃と比べたら収入は激減しているものの、自分の気持ちが求める暮らしにおいて優先度の低いものへお金を使うのをやめたことで支出もまた激減している。お金を使わなければ、その分だけ稼ぐ必要もなくなる。そんな当たり前な真実を享受しながら日々を暮らしている。

とはいえ、新生活の詳細を見ていくと、うまくいったことよりも失敗したことのほうが多い気がする。細かく思い返していくと、あれも失敗したし、これも失敗した。自分のダメさを痛感して自己嫌悪に陥っていた時期もある。「自分のやれること、やりたいことを試行錯誤」と前述したけど、本当にもう、自分でも呆れるほどに要領が悪く、回り道をしながら試行錯誤してきた。もはや試行錯誤というよりも迷走と表現したほうがしっくりくるほどだ。

「生き方を変えるのだ」と意気込んだところで、人間の能力が変わるわけではないらしい。僕はもう、迷走的な回り道をしながらでしか物事を前に進められない人間なのだと認めるしかない。人生の時間は有限だというのに……でもしょうがない。そんな自分を受け入れて生きていくだけだ。

何が難しかったかといえば、そもそもまず、「自分のやれること、やりたいこと」がなんだかわからない。ようやくなんとなく見えたとして、それをどうやるかもわからない。それでもどうにか試していく中で、「やっぱりこれは違った」となって振り出しに戻り途方に暮れる。そんなことばかりしてきた。

でも、そんな失敗を含めて、自分の人生としての納得感がある。誰かに強制されているわけではなくて、自分の気持ちに沿って行動してきた結果だから、「まあ、失敗含めて自分だよね」という前向きな諦めでもって納得できている。

失敗して、反省して、次に活かしていくことで、回り道をしながらも、少しずつ自分の理想とする生き方に近づけていければそれでいい。というか、そうしていくしか道はない。そして、その道それ自体こそが人生だ。

回り道をしてきた結果、ようやく今は「自分の活動の軸は文章を書くことだ」と（たぶん）定まっており、だからこうして本を書いている。ただ今のこの地点も、まだまだ回り道の途中な気もする。もはやわからない。わからないけど、今の僕がやれること、やりたいことをやっていくだけだ。

という感じのこれまでの3年間なのだけど、そこの詳細はこれ以上は本書では触れない。新生活の模様も気になると言ってくれる方がいるかもしれないけど、それを書き始めるともう1冊書けるだけの文章量になってしまう。なにしろ、せっかく北の大地までわざわざ移住したというのに、たった2年と少しでまた関東へ戻ってきていたりする。

しかも、札幌で結婚までした。結婚後、夫婦で関東へ再移住したのだ。普通、たいした計画もないまま会社を辞めて収入を激減させ、さらに遠方へ移住なんてしたら、結婚は遠のくだろう。それに僕は結婚願望なんて微塵（みじん）も持っていなかった。なのに、平日昼間に札幌の街をぶらぶらしながら試行錯誤という名の迷走をしている中でなんやかんやあって、結婚していた。

相変わらずの落ち着きのなさを発揮してきており、書くことが多すぎて1冊の文章量が必要になる。だから新生活の具体的な話は、次の本で書く、かもしれない。本としてまとめられる自信がないけど、まず書いてみて、まとめられたら出したいと思う。

一度きりの人生だから

今回は、僕が「生きる」ということに対する考え方を変え、新しい生き方へ踏み出すまでの話ということで、それについては一通り書いてきた。だから、そろそろ終えようと思う。

この本を読んでくれた方が何を考え、どう行動するか。それは僕にはわからない。人はみんな違うので、誰もが会社を辞めるべきとはまったく思っていないし、堅実な生き方が悪いともまったく思っていない。そういう具体的なことは、人それぞれ自分に合った形で考えることだ。ただ、「一度きりの人生なのだから、自分なりに納得できる生き方をしていくべきだ」ということは、人間が人間として生きていく上での普遍的な生き方の指針だとは思っている。僕はそのことを紆余曲折を経てようやく学べたので、その学びを共有したくて本書を書いた。

この指針に沿って、僕は自分の気持ちに素直に従うことに決めた。その一環として会社員という働き方をやめた。札幌へも移住した。これは僕の人生だ。

最後まで読んでくれたあなたの人生はどうするのがいいのか。それはぜひ、ご自身で考えてみてほしい。

著者略歴

1985年、神奈川県に生まれる。2009年、電気通信大学を卒業。同年、都内のNTTグループ企業へ新卒で入社し、会社員（SE）として働き始める。長時間労働と大組織の歯車として働くことに耐えられなくなり4年11ヵ月で退職。名古屋のベンチャー企業に再就職するも行き詰まり1年2ヵ月で退職。3度目の埼玉の就職先では休職をはさみ6年4ヵ月働くが、人生の転機を経て、2021年、会社員という働き方そのものをやめる。

退職後、1ヵ月10万円の稼ぎを目標とし、YouTubeやブログなどで発信活動を開始。2024年、活動の一環として、会社員をやめるまでの実体験を綴った電子書籍『会社を辞めて生き方を変えることにした』をセルフ出版。圧倒的共感を呼び7ヵ月間で126万ページを売り上げる。大幅加筆のうえ本書が初の単行本となる。

ひたすら会社で働く生き方から降りることにした
――三度会社を辞めて、一度きりの人生を自分らしく生きる

二〇二四年一一月八日　第一刷発行

著者　すずひら
発行者　古屋信吾
発行所　株式会社さくら舎　http://www.sakurasha.com
東京都千代田区富士見一-二-一一　〒一〇二-〇〇七一
電話　営業　〇三-五二一一-六五三三　FAX　〇三-五二一一-六四八一
編集　〇三-五二一一-六四八〇
振替　〇〇一九〇-八-四〇二〇六〇
装丁　石間　淳
装画　MAYu（X：shiropink_C）
印刷・製本　中央精版印刷株式会社

ISBN978-4-86581-444-6